Julia Kulewatz
(Hrsg.)

Wie tief hinab reicht das Erinnern?

kul-ja! publishing

Für die finanzielle Unterstützung des Projektes
danken wir der Volkshochschule Erfurt

vhs
Volkshochschule
Erfurt

Die Deutsche Nationalbibliothek verzeichnet diese Publikation in der Deutschen Nationalbibliografie; detaillierte bibliografische Daten sind im Internet unter http://dnb.d-nb.de abrufbar.

1. Auflage März 2025
Originalausgabe

Wir machen kule Bücher,
nur echt mit dem Kulibri.

www.kul-ja.com

Pflichtangaben gemäß GPSR:

kul-ja! publishing
An der Auenschanze 11
D-99089 Erfurt
mail@kul-ja.com

Sicherheitshinweis entsprechend
Art. 9 Abs. 7 S. 2 der GPSR entbehrlich

Nachhaltig gedruckt in der EU

ISBN: 978-3-949260-40-7

Inhalt

Vorwort 7
Julia Kulewatz

Fenster 19
Lena Kiesewetter

Lenchen 23
Friederike Franz

Ich hatte eine wundervolle Kindheit 25
Claudia Hepper

Die Reisetasche 33
Andreas Lahl

Ohne Gurt 41
Ulrike Ruppin

Der Sittich 45
Sándor Békési

Wie man sich einen Künstler hält 55
Julia Kulewatz

Pinkeln lernen ... 73
Burkhard Fuhs

Ein Schnitt ... 83
Theresa Zenk

Fünf Worte ... 91
Valeria Zimmermann

Unter keiner Decke ... 97
Lena Kiesewetter

Mohnblume ... 101
Kristiina Oelsner

Alma ... 107
Birte Holschuh

Ein Sommer ... 110
Birte Holschuh

Streurosen ... 113
Friederike Franz

Wenn dann endlich alles vorbei ist ... 123
Priska Keilhau

Oktopusträume ... 136
Ronny Thon

Danksagung ... 146

Vorwort

Julia Kulewatz

»Wie tief hinab reicht das Erinnern?« Mit dieser Frage beginnt Franz Fühmann seine Kurzgeschichte *Das Judenauto*, die erstmals 1962 erschien.

Erinnerung nennen wir das unwillkürliche oder willentlich herbeigeführte Wiederauftauchen von Bewusstseinsinhalten, die dem ursprünglichen Erleben mehr oder weniger ähnlich sind oder zu sein scheinen. Sie ist eine versuchte Rekonstruktion im Geiste und das Gegenteil von Vergessen. Um eine Erinnerung aus dem Gedächtnisraum herauszubringen, muss man sie erzählen; um sie zu konservieren, wird sie verschriftlicht oder im Bild festgehalten. Es mutet verführerisch leicht an, das Erinnern ins Poetische kippen zu lassen. Dort, wo es schmerzhaft wird, wo wir uns mit den Lücken und Aussparungen konfrontiert sehen, dort setzt die Kreativität ein.

So zeigen die in dieser Anthologie einleitend und exemplarisch zitierte Kurzgeschichte von Fühmann und die den erzählten Geschehnissen zugrundeliegende Kernfrage auf, wie sich zunächst vermeintlich genau skizzierte Erinnerungen schleichend poetisch verfremden, schließlich verformen, deformieren und dekonstruieren lassen und damit den eigenen Blick auf das unvermeidlich aufkommende Fremde verstellen, und legen offen, wie sie Schaden anrichten können, wie sie Feindbilder schaffen und von einer inneren Bedrohung zu einer äußeren heranwachsen, der in der Erzählung selbst jedoch Einhalt geboten wird, indem man der Lüge widerspricht und sich gegen diese stellt.

Fühmanns Erzählungen werden als *politische Kurzprosa* gelesen. Der Autor repräsentiert eine der eindringlichsten Erzählstimmen der Nachkriegszeit, die das Kollektivtrauma Krieg im Poetischen und für uns Jahrzehnte später (nach-)fühlbar machen.

Die hier interpretierte Kurzgeschichte *Das Judenauto* legt, neben anderen Schriftstellern wie Wolfgang Borchert, Heinrich Böll, Ilse Aichinger, Martin Walser, Luise Rinser, Marie Luise Kaschnitz und vielen anderen mehr, dar, warum sich die deutsche Kurzgeschichte wie kaum eine andere literarische Form eignet, Trauma mit poetischen Mitteln zu konservieren, für zunächst Außenstehende vor dem Vergessen zu bewahren und auf diese Weise transgenerativ zu bearbeiten: »[E]s sei ein gelbes, ein ganz gelbes Auto mit vier Juden drin, vier schwarzen mörderischen Juden mit langen Messern, und alle Messer seien blutig gewesen, und vom Trittbrett habe auch Blut getropft, das hätten die Leute deutlich gesehen, und vier Mädchen hätten sie bisher geschlachtet, zwei aus Witkowitz und zwei aus Böhmisch-Krumma«. Was als Klassenzimmertratsch, von der »wie ein Froschteich plappernde[n] Gudrun K.« entfacht, unter Kindern beginnt, erschafft so das durch lebhaftes und gekonntes Erzählen vor einer Gruppe sich stetig weiter ausgestaltende ›fahrende‹ Phantombild des Judenautos.

Die doppelbödige Geschichte wird politisch. In ihr verselbständigt sich die erinnerte Erzählung als zweifelhaftes Narrativ unaufhaltsam, überlagert und ersetzt die so genannte Realität, wird übermächtig und übt Gewalt aus, indem sie ganz selbstverständlich als etwas durch die Gruppe (Mehrheit) Legitimiertes, gemeinsam Erfahrenes und damit Bewiesenes gehandelt wird. Obwohl wir wissen, dass uns der unzuverlässige Erzähler eine Lüge auftischt, entwickeln wir, die Leser, die alles miterleben, Verständnis. Zu gut ist die Abenteuergeschichte und zudem scheint der Lügner verliebt, er will ein Mädchen in seiner Klasse beeindrucken. Das können wir nachvollziehen und mitfühlen und letztendlich hat er ja nur ein bisschen ausgeschmückt, nur ein bisschen hinzugedichtet, nur ein bisschen gelogen ...

Der Erzähler wird vor seinen Klassenkameraden zum Helden seiner eigenen Geschichte: »Das war die Seligkeit; ich hörte die Grillen schreien und sah den Mohn glühn und roch den Thymianduft, doch nun verwirrte mich das alles nicht mehr, die Welt war wieder heil und ich war ein Held, dem Judenauto entronnen, und das Mädchen sah mich an und lächelte«.

Das lächelnde Mädchen, sein erster Schwarm, wird ihn schließlich öffentlich entlarven (das Auto war weder gelb noch ein Judenauto) und der Judenhass des Erzählers, damals nur ein Schuljunge, verfestigt sich auf geradezu irrationale und zugleich unwiderrufliche Weise, da er von diesem Zeitpunkt an sein gesamtes Weltbild an diesen Moment der Entlarvung und Scham knüpfen wird, mit dem außerdem die endgültige Zurückweisung der ersten Liebe verbunden ist. Alles fügt sich zusammen, alles, was er je von den Erwachsenen um sich Schlechtes über Juden gehört hat, meldet sich plötzlich als seine neue Realität zu Wort. Der Junge flieht vor den gnadenlosen Blicken seiner Mitschüler in das Knabenklosett, für ihn jetzt ein Ort der Scham, »und auch mit mir hatten sie einen ihrer hundsgemeinen Tricks gemacht, um mich vor der Klasse zu blamieren: Sie waren schuld an allem; sie und kein andrer, nur sie!« Er stellt sich den gerechtfertigten Vorwürfen nicht und verliert seine Integrität, noch bevor sich diese ausbilden konnte. Die Schuldzuweisungen auf einen ominösen, vergrößerten, nie gesehenen, geradezu phantasmatischen Feind (schuldig) rechtfertigen die Erzählung, die ihm zum Helden (unschuldig) stilisiert und das eindringende Fremde stellvertretend für eine ganze Bevölkerungsgruppe mit Rückendeckung der ihm nahestehenden Erwachsenen zum Widersacher erklärt hat.

Die Erzählung verdichtet sich zum Ende auf ein einziges Wort als Sinnbild für das schmachvolle Erlebte hin: »›Juden, Juden!‹, und ich stand heulend in der Klosettzelle und schrie Juden, Juden, Juden, Juden, und dann erbrach ich mich. Juden. Sie waren schuld. Juden. Ich würgte und ballte die Fäuste. Juden. Juden. Juden Juden Juden Juden. Sie waren dran schuld. Ich haßte sie.«

Wie uns die Kurzgeschichte Fühmanns vor Augen führt, beginnt die politische Erzählung als Feind- und Heldennarrativ dort, wo Menschen aufeinandertreffen, mitten im alltäglichen Leben. Mit Politik assoziieren wir oft zuerst den Bundestag, aber Politik beginnt demnach, wo auch die klassische Kurzgeschichte anzusiedeln ist. Das Erzählte entsteht an Orten, wo Menschen Regeln für ein Zusammenleben und Miteinanderauskommen brauchen. Sobald wir unter Menschen sind, betreffen unsere Handlungen im privaten wie im öffentlichen Raum auch andere, unsere Mitmenschen.

Selbst wenn wir keine Verantwortung für das eigene Handeln übernehmen, uns entziehen wollen, bspw. schweigen oder wegsehen, uns nicht aussetzen, ist das gewissermaßen bereits eine politische Entscheidung, die Einfluss nehmen kann. Man könnte fragen, warum die Klassenkameraden der zitierten Kurzgeschichte so erpicht waren, die Horrorgeschichtchen und zweifelhaften Anekdoten über das Judenauto zu hören, was sie so unterhaltsam fanden, warum sich die Kinder so sensationslüstern gebärdeten ... oder stellten sie lediglich nach, reproduzierten sie das von Erwachsenen Aufgenommene und Gehörte, ebenso wie der junge Erzähler, der zudem sein gerade erst entdecktes und sogleich missbrauchtes Erzähltalent unter Beweis stellt und deshalb umso tiefer fällt, weil man ihm mit Genuss zuhört. Fühmanns Kurzgeschichte macht uns, die Leser, zu Zeugen, die dem Erzähler mit angehaltenem Atem folgen.

Fühmann entlarvt die Möglichkeiten der Kurzgeschichte als Medium, die ebenfalls für Gesinnungspropaganda missbraucht wurde, und präsentiert uns die Macht, die ein guter Erzähler ausüben kann. Genutzt wird das Ausschnitthafte der Alltagserfahrung, mit der wir uns alle verbinden können. Die Lüge entsteht wie ein poetisches Verfahren durch Verdichtung und Verschiebung der beim Lesen entstehenden Bildelemente. Ein sich stetig wandelnder Realitätsbezug wird an dem, was wir als Realität erfahren, stets neu ausgerichtet und hergestellt; eine erfühlte Momentaufnahme, auf die wir uns geistig rückbeziehen und uns damit gleichzeitig unserer Identität versichern. Auf dieselbe Weise gehen wir mit unseren Erinnerungen um ...

Mit ebendieser Thematik, auf der das basiert, was wir heute unter Identität verstehen, beschäftigt sich unter anderem der auf Philip K. Dicks Science-Fiction-Romanwelt *Do Androids Dream of Electric Sheep?* (1968) basierende Film *Blade Runner 2049* (2017). Darin fragt der Blade Runner K. auf der Suche nach seiner Vergangenheit die Künstlerin Ella, die an einem Gendefekt leidet und von der Außenwelt abgeschnitten leben muss, aber die authentischsten Erinnerungen für Replikate (künstliche Menschen) schafft: »Sind die alle künstlich, oder verwenden Sie auch echte Erinnerungen?«, woraufhin sie ihm ihr Erfolgsgeheimnis für die Konstruktion lebensechter Erinnerungen verrät: »Wir erinnern uns über Gefühle. Eine echte Erinnerung bedeutet Chaos.« Man könnte *künstlich* kurzerhand durch *künstlerisch verfremdet* austauschen, denn alle unsere Erinnerungen sind Rekonstruktionen auf Basis von mehr oder weniger selbst erfahrenen Gefühlseindrücken.

Im Text geschehen diese erneut unmittelbar, nicht zwangsläufig chronologisch, sondern organisiert in Szenen einer hochindividuellen Gefühlshierarchie als *Slice-of-Life-Stories*. Sie werden auf diese Weise ausgeschnitten, verschoben und poetisch verdichtet.

Die 17 hier versammelten Kurzgeschichten und Miniaturen, von insgesamt 14 Autorinnen und Autoren, setzen sich mit jenen rekonstruierten und literarisch verfremdeten Momentaufnahmen auseinander. Im Fokus der Anthologie stehen zwischenmenschliche Beziehungen, Freundschaft (auch tierische), Berufsleben, verschiedene Vorstellungen von Familie; ebenso werden die an Beziehungen geknüpften Erwartungen, Ängste und entstandenen Traumata an die Oberfläche befördert. Wir erfahren, was es bedeutet, mitzuspielen oder die Regeln zu brechen, sich im rechtsfreien Raum zu bewegen, Freiheit einzubüßen, neu zu definieren, zurückzufordern oder vielleicht niemals zu leben.

Zunächst unmerklich, fast schon mit Leichtigkeit, kippt dabei das Erzählte plötzlich in den politischen Debattenraum, zeigt auf, wo das Ausgeliefertsein oder der Machtmissbrauch beginnt, wo sich Scham und Schuldzuweisung zunächst im Verborgenen unbewusst und ausgeblendet als etwas Erinnertes festsetzen oder in einen bereits vergessenen, verdrängten Gegenstand legen und manchmal ohne viele Worte einen unvermeidlichen Wendepunkt bilden.

So ist es nur folgerichtig, dass Andreas Lahl seine Kurzgeschichte *Die Reisetasche* dort beginnt, wo das Trauma oftmals lebendig gehalten wird, wo wir Konserven lagern und Dinge vor uns und anderen verstecken: »Lange hatte ich es vor mir hergeschoben. Nun steige ich die Stufen in den Keller hinab.« Sein Ich-Erzähler stellt sich retrospektiv mit der Wiederentdeckung der Reisetasche im Keller der schmerzhaften Erinnerung seiner Jugend, die ihn nicht nur seine Freiheit im Tausch für einen Studienplatz (»Entweder Sie dienen mindestens 3 Jahre in der NVA oder Sie können nicht mit dem Studienplatz rechnen«) einbüßen ließ, sondern ihn auch damit konfrontierte, im Ernstfall auf Menschen schießen zu müssen, und das in seiner Heimatstadt Leipzig. »Der schleichende Verlust meiner Freiheit begann im August. Ich hatte meinen Einberufungsbefehl erhalten und musste meinen Personalausweis in der Meldestelle der Volkspolizei abgeben. Meine Identität wurde mit einem Bann belegt – Angehöriger der bewaffneten Organe der DDR, Wehrdienstausweis«: Lahls Kurzgeschichte verdeutlicht, wie schnell man auf der anderen Seite stehen kann.

Das vermeintliche Heldendasein wird nicht nur als ein potenziell glückloses hinterfragt, sondern die Helden sind zu großen Teilen schon in jungen Jahren Versehrte, die ihr Potenzial unter den gegebenen Möglichkeiten oftmals gar nicht entfalten konnten oder bereits für den hehren Versuch, etwas zu verändern, einen hohen Preis zahlen mussten. Diese Erkenntnis trifft uns unvorbereitet wie ein unerwarteter Schlag.

Von Claudia Hepper erfahren wir in *Ich hatte eine wundervolle Kindheit*, dass Lesen als geistiges Reisen rettender Widerstand ist, unter widrigsten Umständen Halt gibt und den Weg ins eigene literarische Schreiben ebnen kann, während man zuvor nur von Freiheit geträumt hat: »Nun konnten wir reisen, das heißt, wir hätten gekonnt.«

In Ulrike Ruppins *Ohne Gurt* werden die Kindheitserinnerungen an das geliebte, als individuell wahrgenommene, Spielzeug Hasi Hopp geknüpft und aus dem privaten Innenraum in den öffentlichen, politisierten und für andere Menschen sichtbaren Außenraum gestellt: »Woran ich mich tatsächlich erinnere, ist das Gefühl, wenn ich aufwachte und er mich mit seinem treuen Gummigesicht anlächelte. Irgendwann wurde er weggetan, weil ich ihn kaputtgeliebt hatte und sich sowieso alles änderte. Neulich habe ich ihn in einer Sammlung wiedergesehen und mich gefragt, ob die Kindheitsrelikte anderer auch ausgestellt werden oder von der Bundeszentrale für politische Bildung abgedruckt.«

Die Kurzgeschichte *Lenchen* von Friederike Franz beinhaltet ein auferlegtes Sprech- bzw. Singverbot. Während die verbotenen Lieder wiederum an die Liebe zur Großmutter gebunden sind, erfährt diese Beziehung ebenfalls ein diesmal unausgesprochenes Verbot – »Zuhause darf ich das Lied von Lenchen nicht singen. Dabei hat Lenchen Lenin bestimmt nicht gekannt« – und wirft anhand der Liedinhalte, die sich um einen sexuellen Missbrauch von Lenchen im Wald drehen, gleichermaßen die Frage nach dem Großvater und folglich der Vergangenheit der Familie auf: »Meinen echten Opa habe ich nie kennengelernt. Der ist gestorben, ein Jahr, nachdem der Krieg vorbei war.«

Nicht nur die traditionelle Vorstellung von Familie, die Valeria Zimmermann mit *Fünf Worte* an einer neuen alten Realität kollidieren lässt – »›Damit wir eine richtige Familie sind‹, erklärte jemand. Ich war verwundert: ›Sind wir jetzt eine falsche Familie?‹« –, sondern auch Frauen- und Männerbilder werden in ihren Paarbeziehungen und der Rollenverteilung als gesellschaftliche Blaupausen in Form von genormten und idealisierten Inhalten in ihrer Funktionalität, auferlegten Intimität und oftmals gut gemimten, jedoch fassadenhaften Bindung auf die Probe gestellt, wie uns Ronny Thon mit seiner Science-Fiction-Kurzgeschichte *Oktopusträume* in einer möglichen Zukunftsversion vor Augen führt, wo die große Liebe sich ganz anders als erwartet offenbart – »Die Gründer von GynoidBeyond Corp. beglückwünschten mich. Sie versuchten es mit Empathie, aber damit hielten sie sich nicht lange auf. Es wäre ihnen bewusst, wie traurig ich sei, aber es war von Anfang nur ein Produkttest gewesen« – und dadurch nicht auf herkömmliche Weise beerdigt werden kann.

Auch in Priska Keilhaus Kurzgeschichtendebüt *Wenn dann endlich alles vorbei ist* spielen potenzieller Tod und Verlust als omnipräsente Bedrohung eine übergeordnete Rolle, indem sie eine junge Liebe im und durch den staatlich verordneten Lockdown, der alles verändert, scheitern lassen: »Wir haben so lange wie möglich so getan, als hätte das nichts mit uns zu tun, als könnte uns das gar nicht berühren, als gäbe es die Außenwelt und uns körperlich fühlbar getrennt voneinander, abgeschirmt, fruchtwassergeflutet, wie zweieiige Zwillinge in einem misshandelten Mutterleib, der in Wahrheit nicht mehr ist, als ein Bett, dass durch eine verwahrloste Wohnung treibt, ein zerfühltes glückloses Nest, in das wir alle Zeit tragen und das schon seit Wochen frische Bettwäsche gebrauchen könnte.«

Ebenso konfrontiert *Streurosen* von Friederike Franz mit dem Gefühl, einen geliebten Menschen nicht halten zu können: »Meine Mutter wollte meinem Vater nicht beim Sterben zusehen. Und mein Vater wollte nicht, dass ich ihm beim Sterben zusehe, was ich erst später begriff. Auch ich wollte ihm nicht beim Sterben zusehen, beim Leben – ja, beim Genesen – ja, aber nicht beim Sterben.«

Die Unmittelbarkeit des Fühlens, das in der Krankenhaussituation ein gelebtes Leben auf eine geringe Zeitspanne hin verdichtet, die es in seinen unbegreifbaren, verschlossenen Sequenzen auf eine Quintessenz des Seins schrumpft und darum öffnet, bricht die Familienfassade auf, durch die Risse dringt durch den Blick beleuchtet Vergangenes. Das Begreifen geht durch einen Dämmerzustand zurück, dorthin, wo es dunkel ist. Die Kellermetapher wird laut: Wir erleben mit, wie die Erzählerin ihren sterbenden Vater Erinnerung werden lässt. In dem Maße, wie er schwindet, werden die mit ihm verbundenen Kindheitserinnerungen stärker, kehren leuchtend intensiv und lebendig zurück und fragen, wie lange die Dunkelheit, die nicht die Nacht ist, (an-)dauert: »Die Ärztin hatte gesagt, heute Nacht werde er sterben. Wann begann die Nacht? Und wie lange dauerte sie? So lange wie die Dunkelheit?«

Selma Lagerlöf veranschaulicht die Größe von dem, was bleibt, in Form von Erinnerung als bewohnbare Weite, indem sie in ihrer Erzählung *Vineta* für diese Städte und Länder entstehen lässt: »Das entschwundene Glück will auch ein Heim haben. Dies sind die Städte und Länder der Erinnerung. So ist es, so hat die Dichtung es verstanden.«

Dass man sich dieses Heim für Glück wenigstens auf Zeit (einen Sommer lang) selbstbestimmt ›nehmen‹ kann, stellt Birte Holschuhs *Ein Sommer* unter Beweis: »Die Welt steht uns offen. Wir sind unverwundbar. Hier interessierte sich niemand für Altersunterschiede oder sexuelle Präferenzen. Es war ein Traum von Freiheit. Ein unbeschwerter Sommertraum, den wir zu leben glaubten.« Wie *Streurosen* der inneren Dunkelheit mit Blumen begegnet, so steht Holschuhs (einer) *Sommer* für ewig bewohnbare Erinnerung im Sinne Lagerlöfs, während Keilhau ihren Protagonisten die gemeinsame Wohnung immer unbewohnbarer macht und man sich nach draußen hin und in Richtung Zukunft orientieren muss, falls und solange das noch möglich ist.

Alle hier versammelten Kurzprosatexte kreisen als Annäherungsversuche mehr oder weniger nah um die in Fühmanns

Judenauto aufgeworfene Frage: *Wie tief hinab reicht das Erinnern?*, begegnen ihr mit Distanz, einem kühlen Kopf oder ganz direkt mit kaum aushaltbarer zwischenmenschlicher Nähe, die sogar den Leser auf sich selbst zurückwerfen dürfte.

Die von Sara Stubenbaum gestalteten Seelenlandschaften öffnen den Raum, verweisen über die Texte hinaus, laden dazu ein, eigene Erinnerungen aus den Tiefen zu bergen, sich Fühmanns Frage selbst zu stellen und eventuell mithilfe der Stimmen in diesem Buch zu beantworten, denn das Gegenteil von Erinnerung ist das Vergessen, das nichts weniger als den finalen Verlust des Erinnerten bedeutet, als einen möglichen inneren Ort des immerwährenden Glücks.

— *Julia Kulewatz*
Erfurt, den 25. Januar 2025

Fenster

Lena Kiesewetter

Links, rechts, vor, zurück. Bloß nicht auf die Linien springen. Die olle Brotbüchse scheppert in der Tasche. Wenn sie nur auch so eine schöne aus Plaste mit Arielle hätte, so wie Nicole. Die Mutter drängelt. Kann sie denn die Lava zwischen den Steinplatten nicht sehen? Von ihrer Hand gezogen wird es noch schwieriger, dem Abgrund auszuweichen.

Als sie an der alten Werkzeugfabrik vorbeilaufen, sucht sie den Teddy im Fenster. Ah, da ist er ja. Der arme. Sie haben ihn einfach hängen lassen, das Licht ausgeschalten und das Tor mit einem dicken Vorhängeschloss verrammelt. Sie winkt ihm freundlich zu, damit er sich nicht so einsam fühlen muss.

Nach der Lava und dem Teddy kommt der verwunschene Zaun. Was wohl heute hinter seinen grauen Latten liegt? Gestern war es eine bunte Schmetterlingswiese, die nur Eingeweihte betreten dürfen. Letzte Woche aber ein tiefes Loch ins Bodenlose und nur die Latten hatten sie vor einem Sturz in den sicheren Tod bewahrt. Heute wird ihr Blick aber von etwas auf *ihrer* Seite des Zauns eingefangen. Jemand hat mit weißer Farbe etwas darauf gemalt. Im Kopf zieht sie das schöne Muster nach, ganz gleichmäßig. Ein bisschen wie eine Windmühle. Sie hat es schon mal gesehen. Am Fenster der Fleischerei, wo sie jetzt keine Würstchen mehr geschenkt bekommt, weil sie abgerissen wurde.

Links, rechts, vor, zurück. Am Rande des Neubaugebiets beginnt sie wieder zu hopsen, den Kindergarten bereits im Blick. In der Garderobe riecht sie schon, dass es wie immer Pfefferminztee gibt. Die Mutter gibt ihr zum Abschied einen Kuss: »Um vier hole ich dich wieder ab. Malst du mir heute was Schönes?« Mit ihrer Brotbüchse und dem Kuschelhasen unterm Arm geht sie in den Gruppenraum und begrüßt erst Fräulein Werner, dann ihre Freunde.

Vor dem Mittag spielt sie im Garten mit den anderen im Schatten der Neubaublöcke. Sie spannt mit Nicole das Gummihops und Doreen soll drüberspringen. Doreen ist so gut darin, dass es ewig dauert, bis sie mal drankommt. Vor lauter langer Weile verfolgt sie die Linien der Platten an den benachbarten Wohnhäusern auf der Suche nach dem Muster darin. Sie überlegt, wie man die Steine anders anordnen könnte, damit sie eine Windmühle ergeben.

Nach dem Mittagsschlaf sitzt sie ungeduldig beim Vesper. Schon wieder Butterbrot. Sie muss es trotzdem schnell aufessen, vorher darf sie nicht die Buntstifte holen. Sie ergattert ihren Lieblingsbleier, aber das weiße Papier ist alle. Sie muss sich mit dem gräulichen zufriedengeben, das immer so komisch riecht. Im Papier ist ein kleiner Punkt, daraus macht sie die Klingel. Sie malt drei Linien für die Wände. Als Nächstes setzt sie mit einem schmierigen Fettstift ein Dach oben drauf. Ein Baum in den Garten, eine Schaukel daran. Oben kommen zwei dicke hellblaue Schäfchenwolken neben die lächelnde Sonne.

Die Kindergärtnerin legt ihr die Hand auf den Rücken: »Deine Mutti ist da.« Sie schaut noch mal auf das Bild. Mhh. Da fehlt noch etwas, das sieht ja genau aus wie das Haus von Nicole neben ihr. Ah, ja. Mitten in das Dachdreieck zieht sie einen Strich von oben nach unten, einen quer von links nach rechts und dann noch einen kleinen an jedes Ende für die Windmühle.

Mit strahlenden Augen und dem Bild in der Hand springt sie auf und zeigt es auf dem Weg zur Mutter noch der Kindergärtnerin. Fräulein Werner wird blass, schnappt nach dem Bild. Halt! Jetzt nimmt die sich tatsächlich einen der viel zu dicken Fettstifte und übermalt das Muster, macht ein Fenster draus. Dabei flüstert sie ihr zu: »Das ist ein ganz böses Zeichen!«

Die Tränen schießen ihr in die Augen und die Hände ballen sich zu Fäusten. Nein, nein, nein. Ihre Widerworte verlaufen sich auf dem Weg in ihren Mund und bevor sie ans Ziel kommen, sagt Fräulein Werner: »So ist es doch viel schöner.« Sie übergibt das Bild direkt der Mutter und flüstert etwas. Alles umsonst, das ganz Bild verdorben, und jetzt reden sie auch noch darüber. Die Wut in ihrem Bauch kocht auf, kommt aber durcheinander, als die Mutter sie umarmt und sich für das schöne Bild bedankt.

Auf dem Heimweg kann sie nicht auf die Lava achten. Wortlos geht sie an der Hand der Mutter. Der Schreck sitzt noch zusammen mit der Wut in ihrem Bauch. Wie im Kampf miteinander steigen sie immer wieder auf, aber ein Kloß in ihrem Hals hält sie gefangen. Soll sie etwas *so* Böses gemalt haben? Eine Windmühle? Sie schüttelt den Kopf. Sie will der Mutter das Zeichen auf den Latten zeigen, will fragen, warum es dort stehen darf, aber nicht auf ihrem Bild.

Als sie ankommen, wird der Kloß in ihrem Hals zu einem festen Stöpsel. Denn auf dem Zaun glänzt frische Farbe im Licht der untergehenden Sonne.

Lenchen

Friederike Franz

Manchmal sehe ich Lenchen im Traum. Sie sitzt auf der Schaukel bei meiner Oma im Garten. Ihre nackten Beine sind voller Schrammen. Die Schaukel hat Opa, der gar nicht mein echter Opa ist, an den dicksten Ast des Apfelbaums gehängt. Meinen echten Opa habe ich nie kennengelernt. Der ist gestorben, ein Jahr, nachdem der Krieg vorbei war.

Die Sommerferien verbringe ich bei meiner Oma und ihrem neuen Mann, den ich Opa nenne. Ich schaukele den ganzen Tag und singe. Am liebsten von Lenchen:

Lenchen ging mit 14 Jahren
in den tiefen Wald
Ihr Verfolger war ein Jüngling
18 Jahre alt.

Wenn Oma auf der Bank vor der Waschküche die Kartoffeln schält, singen wir zusammen:

Ja, ja, ja, ach ja,
ist traurig, aber wahr,
denn, denn, denn, ja denn,
sie war erst 14 Jahr.

Zuhause darf ich das Lied von Lenchen nicht singen. Dabei hat Lenchen Lenin bestimmt nicht gekannt. Das Lied von Dunja darf ich auch nicht singen. Dunjas Opa hat Lenin gekannt und Mutti mag Lenin nicht, obwohl die Straße zu meiner Schule Leninallee heißt und es in unserer Hauptstadt ein Lenin-Denkmal gibt. Vielleicht ist Lenchen ein Rotgardistenblut, so wie der kleine Trompeter. Den kann Mutti auch nicht leiden. Was ein Rotgardistenblut ist, hat sie mir nicht erklärt. Nur, dass sie nichts davon hören will. Aber das darf ich auf keinen Fall dem Musiklehrer erzählen und auch sonst niemandem.

Ich glaube, ich darf zuhause von Lenchen nicht singen, weil meine Oma mir das Lied beigebracht hat. Und Mutti kann Oma nicht leiden. Ist sie böse auf Vati, sagt sie: »Wie die Mutter.«

Ich liebe meine Oma. Und ich liebe Lenchen und Dunja und den kleinen Trompeter. Aber das sage ich Mutti nicht. Und ich liebe es, so hoch zu schaukeln, bis es im Bauch kribbelt. Und dann singe ich so laut, dass es alle Blätter und Äste und Vögel hören können:

Rote Rosen, weiße Nelken
schmückten ihr das Grab,
Und der blondgelockte Jüngling
bereute seine Tat.

Manchmal sehe ich Lenchen im Traum. Sie sitzt auf der Schaukel und bewegt sich nicht. Und ich wache auf. Aber ich wünsche mir, dass ich eines Nachts weiterträume. Dann laufe ich zu ihr, schubse sie an und sie schaukelt nach vorn und zurück und in ihrem Bauch beginnt es zu kribbeln und sie lacht mich an.

Ich hatte eine wundervolle Kindheit

Claudia Hepper

Es ist August. Verschwitzt schleppe ich mich die Treppe zu unserer Wohnung hoch. Ich habe vor zwei Wochen meine Ausbildung angefangen und mich heute durch einen schwül-heißen Berufsschultag gequält. Jetzt freue ich mich auf mein kühles Zimmer, in dem ich mich verkriechen werde, bis es heute Abend etwas angenehmer wird. Ich schließe die Tür auf und mir schlägt abgestandene, nach kaltem Rauch riechende Luft entgegen. Hätte sie nicht wenigstens mal die Fenster aufmachen können? Sie ist doch den ganzen Tag zu Hause. Genervt gehe ich in die Stube und will gerade, der Wärme zum Trotz, die Balkontür aufreißen, da sehe ich meine Mutter auf der Couch liegen, das Nachthemd noch unter der Kittelschürze. Sofort beschleicht mich ein ungutes Gefühl. »Mutti? Was ist denn los? Hast du den ganzen Tag hier gelegen?« – »Ich traue mich nicht, aufzustehen, ich kann nicht mehr richtig sehen.« Ich bekomme Panik. Wenigstens stehen auf dem Couchtisch keine leeren Flaschen herum, offenbar hat sie heute auch noch nichts getrunken. Es ging ihr ja die letzten Tage schon ziemlich schlecht, sie hatte zusammenhanglose Fragen gestellt, wirkte verwirrt und klagte immer wieder über namenlose Ängste. Das Einzige, was sie ständig deutlich gesagt hatte, war: »Ich gehe zu keinem Arzt!« Die Hausärztin, die auf meine Bitte hin bei uns zu

Hause gewesen war, erklärte mir nur, dass sie Mutti nicht gegen deren Willen ins Krankenhaus einweisen könne, sie sei ja nicht entmündigt.

Ich greife zum Telefon und rufe Muttis Schwester an. »Kannst du bitte rüberkommen? Mutti kann nicht mehr aufstehen.« – »Um Himmels Willen! Ich bin gleich da.« Erschöpft lasse ich mich auf die Couch sinken. »Was machen wir denn jetzt?«, frage ich meine Mutter verzweifelt. Sie antwortet mit halb geschlossenen Augen: »Wir warten erstmal ab. Vati müsste ja auch gleich nach Hause kommen.« Mir rutscht das Herz in die Hose. Mein Vater ist vor acht Jahren verstorben.

Wie konnte es so weit kommen? Meine Mutter hatte vor ein paar Monaten die Kündigung im Betrieb erhalten, weil sie morgens immer noch nach dem Alkohol vom Vorabend roch. Seitdem trank sie auch tagsüber Schnaps, das erste Bier gab es schon vormittags. Dabei hätte es uns gut gehen können. Vor drei Jahren wurde die DDR zu Grabe getragen, der Staat, den meine Mutter so gehasst hatte. Wir hätten schöne Dinge kaufen und uns die Welt anschauen können, aber dafür war nie genug Geld da.

Es klingelt. Ich öffne die Tür, meine Tante rennt an mir vorbei ins Wohnzimmer. »Moni«, sagt sie, »wie geht es dir?« – »Ich habe solche Angst«, antwortet meine Mutter, »mir ist schwindelig und ich kann nur noch verschwommen sehen.« – »Weißt du, welcher Tag heute ist?« – »Na, bestimmt Sonntag, wenn ihr alle hier seid.« Es ist Donnerstag, mir laufen stumme Tränen über das Gesicht. Meine Tante geht zum Telefon, tippt eine Nummer ein und sagt: »Wir brauchen bitte einen Notarzt. Meine Schwester klagt über Schwindel und Sehstörungen, kann nicht allein aufstehen. Bekannter Alkoholismus, aber offensichtlich nicht betrunken.« Sie wird nach unseren Namen und der Adresse gefragt, dann bedankt sie sich und legt auf. Sie setzt sich zu mir und legt mir den Arm um die Schultern. »Tut mir leid, dass du das erleben musst. Wie war es in der Schule?« – ›Ist das dein Ernst?‹, denke ich und weiß doch, dass sie mich nur ablenken will.

Die Schule machte mir meistens keine Probleme, lesen, schreiben und Sprachen lernen fiel mir leicht. Erst, als die Buchstaben auch im Mathematikunterricht auftauchten, wurde es kritisch. In Russisch war zudem die Motivation hoch, sich mit den verordneten Brieffreunden aus Tscheljabinsk und Odessa austauschen zu können. Nur mit der Englischlehrerin verstand ich mich nicht so gut. Ich hatte zu Beginn der achten Klasse mal geäußert, dass man ja sowieso nie nach Großbritannien reisen könne, um das Gelernte auch anzuwenden. Dass sich das noch innerhalb des Schuljahres ändern würde, ahnte damals niemand. Nun konnten wir reisen, das heißt, wir hätten gekonnt.

Es klingelt erneut, diesmal unten an der Haustür. »Hier ist der Notarzt!«, schallt es durch die Gegensprechanlage. »Lauf runter«, sagt meine Tante und betätigt den Türöffner, »zeig ihnen den Weg zur Wohnung!« Ich renne die Treppe hinab, durch den langen Flur, bis zu den Briefkästen. Eine Nachbarin schaut mich seltsam an, da wird mir bewusst, dass ich wahrscheinlich völlig verheult aussehe. Egal. Neben der Tür stehen zwei Frauen und ein Mann in Notarztkleidung, mit Rucksäcken und einer großen Tasche. »Nicht erschrecken«, lächelt mich die Ärztin freundlich an, »ich habe noch ein paar Freunde mitgebracht.« Ich nicke kurz, lächeln kann ich nicht. »Bitte, kommen Sie hier entlang«, murmele ich und laufe den Weg zurück, diesmal etwas langsamer. Als wir oben ankommen, steht meine Tante bereits in der offenen Wohnungstür. »Bitte, gehen sie geradeaus durch, sie ist im Wohnzimmer«, sagt sie zu der Ärztin, die vorneweg läuft. Ich gehe langsam hinterher. In der Stube angekommen, sehe ich, dass die Ärztin sich zu Mutti auf die

Couch gesetzt hat, die andere Frau und der Mann legen Tasche und Rucksäcke auf den Tisch und beginnen, ihre Ausrüstung auszupacken. Auf dem Tisch ist nicht genug Platz, neben einem Zeitungsstapel steht ein halbvoller Aschenbecher. Ich schäme mich. Vor lauter Schreck habe ich nicht einmal daran gedacht, das Zeug wegzuräumen. Aber alle sind sehr freundlich, Mutti hat sich mit Hilfe der Ärztin jetzt aufgesetzt. Es läuft alles ganz anders ab, als wir das immer in ihren Lieblingsserien gesehen haben, viel weniger hektisch und nicht so laut.

Wenn sich früher in der Schule alle über das Fernsehprogramm des Vorabends austauschten, hielt ich mich lieber zurück. Zu oft hatte mich meine Mutter gewarnt, dass Fragen dieser Art nicht immer nur aus Interesse gestellt werden. Und bei uns kam schon damals keine *Aktuelle Kamera*, da lief um 20:00 Uhr die *Tagesschau*. Die einzige Sendung, die meine Mutter im DDR-Fernsehen schaute, war der Spielfilm am Montagabend. Um dann blitzschnell aufzuspringen und umzuschalten, wenn die Erkennungsmelodie vom *Schwarzen Kanal* erklang. Wenn sich meine Mitschüler über die *Geschichten übern Gartenzaun* lustig machten, hatten wir wahrscheinlich die *Schwarzwaldklinik* geschaut.

»Ich gehe aber nicht ins Krankenhaus!«, höre ich Mutti sagen. Die Ärztin bleibt gelassen. »Sie haben es heute nicht geschafft, sich anzuziehen und etwas zu essen zu machen. Ihre Schwester hat uns angerufen, weil sich die ganze Familie Sorgen um Sie macht. Möchten Sie das Ihrer Tochter wirklich zumuten, dass sie hilflos mitansehen muss, wie Sie hier immer schwächer werden? Sie ist doch noch ein Kind!« Das sind deutliche Worte. Ich möchte das alles wirklich nicht mehr. Diesen Stress, für uns beide zu sorgen; einzukaufen, essen zu machen und nebenbei noch einen Beruf zu erlernen. Diese Angst, was mich erwartet, wenn ich nachmittags nach Hause komme. Aber was wird dann aus mir? In den Büchern, die ich gelesen hatte, gab es Mädcheninternate, in denen sich alle gut verstanden und um Mitternacht Partys im Schlafanzug feierten. Oder Kinder, die sich zusammentaten, um einen Horrorclown zu besiegen. Der Phantasie sind keine Grenzen gesetzt, vor allem meiner nicht.

Seitdem ich die Buchstaben kannte, las ich alles, was ich in die Finger bekommen konnte. Da gab es auch vor der Wende eine große Auswahl. Aber Bücher, die keinen politischen Inhalt hatten, waren schwer zu bekommen, also las ich mich durch die Bestände der örtlichen Bibliothek. Als ich älter wurde, interessierten mich natürlich auch die Bücher für Erwachsene. Ich weiß noch, wir verwirrt ich war, als mich eine Bibliothekarin ansprach, dass ich mit meinem Benutzerausweis nur die Bücher im vorderen Teil des Gebäudes ausleihen darf, mir aber gleichzeitig einen Platz zeigte, an dem ich von den Mitarbeitern beim Lesen nicht gesehen werden konnte.

»Komm, hilf mir mal bitte, ein paar Sachen für Mutti zusammenzupacken.« Meine Tante reißt mich aus meinen Gedanken. »Ich kenne mich in euren Schränken nicht aus.« Wir gehen zusammen ins Schlafzimmer, während die Ärztin in der Stube weitere Untersuchungen macht. »Habt ihr irgendwo eine kleine Reisetasche?« Haben wir. Ich ziehe sie aus Muttis großem Kleiderschrank. Ich weiß genau, wo alles ist, schließlich habe ich in den letzten Monaten die Wäsche nicht nur gewaschen, sondern auch eingeräumt. Außerdem hatte Mutti eigentlich keine Geheimnisse vor mir. Auch in anderen Dingen nicht, meine Tante hatte ihr manchmal zugeraunt, dass sie politische Äußerungen nicht in meiner Anwesenheit machen sollte. Aber ab und zu musste sie sich auch mal Luft verschaffen und zu Hause war ja nun einmal nur ich. Allerdings hat sie meine Fragen in der Öffentlichkeit immer abgeblockt. Wie damals, als ich das Wahlplakat vor der Kaufhalle gesehen hatte. Ich weiß noch, wie erschrocken Mutti war, als ich fragte: »Wen von denen wählst du denn?« – »Na alle!«, hatte sie mir etwas schroff geantwortet und gab mir mit einem Blick zu verstehen, dass ich mich vorerst mit dieser Antwort zufriedengeben musste. Erst zu Hause erklärte sie mir dann, wie das mit der Wahl funktionierte, dass nichts geheim war und man auch nicht ohne Konsequenzen fernbleiben konnte. »Aber das ist doch total sinnlos!«, hatte ich widersprochen. »Es ist aber so. Und wehe, du diskutierst so etwas in der Schule; wir kommen in Teufels Küche!«

Ich kenne mich also in Muttis Kleiderschrank aus – und nicht nur da. Ich finde auch Portemonnaie und Ausweis problemlos, packe eine Waschtasche und nehme ein paar Anziehsachen und Muttis Lieblingskette mit in die Stube, um sie ihr anzulegen. Der Anhänger ist ein aufklappbares Herz, darin sind winzige Fotos von Vati und mir. »Das ist eine gute Idee«, sagt die Ärztin, als ich mit den Sachen über dem Arm erscheine. Gemeinsam beginnen wir, Mutti die Schürze und das Nachthemd auszuziehen. Plötzlich schaut sie mich an. »Du bist ja schon zu Hause«, stellt sie erstaunt fest. »Hast du schon etwas zum Mittag gegessen?« Essen ist so ungefähr das Letzte, was ich mir im Moment vorstellen kann. Aber warum wirkt Mutti plötzlich wieder so normal? »Sie reagiert sehr wechselhaft«, erklärt mir die Ärztin. »Das ist bestimmt ein gutes Zeichen. Aber sag mal, hast du denn schon etwas gegessen?« – »Ja«, murmele ich und denke an das trockene Käsebrot, das ich mit in der Schule hatte.

Ich war schon immer ein schlechter Esser gewesen, früher im Kindergarten durfte ich deswegen manchmal nicht mit am großen Tisch sitzen. Alle anderen Kinder waren schneller fertig als ich, dann war ich beim Bettenaufstellen im Weg. So saß ich manchmal an einem kleinen Seitentisch und musste allein essen. Allerdings hat dann auch keiner gemerkt, wenn ich Sachen, die ich besonders eklig fand, einfach in mein Taschentuch spuckte.

Der einzige Vorteil daran, dass ich seit ungefähr zwei Jahren fast alleine fürs Einkaufen zuständig war, war, dass es nur noch Dinge zu essen gab, die ich auch mochte.

»Kann das Mädchen erst einmal bei Ihnen bleiben?« Die Frage der Ärztin ist an meine Tante gerichtet und holt mich zurück in die Gegenwart. Anscheinend geht es Mutti nun doch schlecht genug, dass man sie mit ins Krankenhaus nehmen kann. Der Sanitäter spricht bereits über Funk mit jemandem über geeignete Krankenhäuser. In meinem Magen mischt sich die Angst, was jetzt aus mir wird, mit der Erleichterung darüber, dass Mutti endlich geholfen wird. Meine Tante schaut mich an. »Packst du dir mal bitte eine kleine Tasche? Frische Sachen, Zahnbürste und das Buch, das du gerade liest. Mehr brauchst du erstmal nicht. Den Schulrucksack kannst du hierlassen, für morgen schreibe ich dir eine Entschuldigung. Wir werden erstmal ein paar Wege erledigen müssen.« Besorgt schaut sie mich an. Die Ärztin nickt. »Danke, dass Sie sich dazu bereit erklären«, meint sie zu meiner Tante, »sonst müsste ich jetzt das Jugendamt informieren, dann würde eine Inobhutnahme durch eine Mitarbeiterin eingeleitet.« Mir wird schlecht. »Kommt nicht infrage!«, erklärt meine Tante energisch. »Mach dir keine Sorgen«, sagt sie zu mir, »du bleibst erstmal bei uns!« Jetzt kann ich mich wirklich nicht mehr zurückhalten. Schluchzend hocke ich auf der Sesselkante. Ich schäme mich, mache mir Vorwürfe, dass ich Tante und Onkel jetzt so viele Umstände bereiten muss und ja: ich bin auch wütend auf meine Mutter, fühle mich im Stich gelassen. Die Notärztin scheint zu ahnen, was in mir vorgeht. Sie legt die Hand unter mein Kinn und hebt meinen Kopf an, sodass ich gezwungen bin, ihr in die Augen zu schauen. »Du darfst traurig sein«, sagt sie. »Du hast allen Grund dazu. Aber eines musst du dir immer bewusst machen: Es ist nicht deine Schuld!«

Die Reisetasche

Andreas Lahl

Lange hatte ich es vor mir hergeschoben. Nun steige ich die Stufen in den Keller hinab.

Meinen Eltern gehört ein kleiner Verschlag. Der abgenutzte, blanke Schlüssel zwischen meinen Fingern lässt das klapprige Vorhängeschloss aufschnappen. Die Bewegung und das klickende Geräusch sind mir vertraut. Quietschend öffne ich die Lattentür und zwänge mich zwischen dem brummenden Kühlschrank und dem doppeltürigen Spind hindurch, um das alten Buffet zu erreichen. Seit Jahren soll ich meine in der Jugend gelagerten Sachen abholen, um ein bisschen Platz zu schaffen. Ich erinnere mich an Schulbücher, die ich nicht wegwerfen wollte. Aber sonst?

Die Tür des Buffets klemmt, der lange Atem des Kellers hat das alte Holz verzogen. Erst nach einem impulsiven Ruck springt sie auf und im Sog trudelt mir mein dunkelgrünes Armeekochgeschirr entgegen. Meine erschrockenen Hände bewahren es vor der eindellenden Gnadenlosigkeit des rauen Betonfußbodens. Stimmt, das Kochgeschirr hatte mich 2 Jahre begleitet, und noch heute spüre ich das unangenehme Kribbeln, wenn sich der Löffel am Ende der Mahlzeit schabend und quietschend über das stumpfe Aluminium bewegt.

Ich schaue in die dunkle Öffnung des Schrankes. Ich wünschte, meine Eltern hätten eine 100-W-Glühbirne in die Fassung des Kellerlichtes geschraubt. Ich ergreife die Henkel einer kleinen zusammenfaltbaren Reisetasche aus schwarzem Kunstleder. Die Oberfläche ist brüchig geworden. Sie ist schwer. Ja, da sind doch meine Schulbücher – Geschichte, Klasse 10 bis 12, Mathematik, Physik, Biologie. Ich nehme einzelne Bücher heraus, und trotzdem haftet meine Aufmerksamkeit immer wieder an der Tasche.

Das einschneidende, drückende Gefühl der Henkel in meiner Hand katapultiert mich verwirrt in der Zeit zurück. Ich stehe am Gleis des Leipziger Hauptbahnhofes.

Sommer im Jahr 1988. Das Abitur ist geschafft. Drei Jahre werden mich vom Beginn meines Wunschstudiums trennen. Eine unsichtbare Schlacht war geschlagen, und es fühlte sich wie eine Niederlage an. Meine Eltern und ich hatten es in den vergangenen Jahren immer wieder mit verbalen Ausweichmanövern versucht. »Entweder Sie dienen mindestens 3 Jahre in der NVA oder Sie können nicht mit dem Studienplatz rechnen«, lautete die klare Kampfansage eines namenlosen Herren in Zivil. Ich wollte unbedingt studieren und beschwichtigend sagte ich mir, dass diese Zeit vergehen wird. Und außerdem gab es noch einen Sommer in Freiheit. Mit meinem Rucksack, Zelt und Schlafsack, mit meiner Freundin und einem Freund reisten wir in die Slowakei. Sorglos, glücklich und auf den Moment bedacht, wanderten wir in der felsigen Mala Fatra und kletterten im Slowakischen Paradies an wackeligen Leitern die Wasserfälle hinauf und hinab.

Der schleichende Verlust meiner Freiheit begann im August. Ich hatte meinen Einberufungsbefehl erhalten und musste meinen Personalausweis in der Meldestelle der Volkspolizei abgeben. Meine Identität wurde mit einem Bann belegt – Angehöriger der bewaffneten Organe der DDR, Wehrdienstausweis. Unsicherheit und Ungewissheit umschlossen meinen Magen und pressten ihn mit der rohen Kraft eines Riesen gnadenlos zusammen. Am nächsten Tag fuhr ich zum Bahnhof, um mich in die gewohnt lange Schlange an der Fahrplanauskunft einzureihen. Das Warten hatte ich lange trainiert, es störte mich nicht. Endlich kam ich an die Reihe. Verborgen hinter einem abgenutzten Tresen saß eine etwas ungepflegte Frau im mittleren Alter. Auf dem Tisch vor ihr lagen mehrere dicke Fahrtenbücher der Deutschen Reichsbahn, die alle Verbindungen der DDR in nah und fern enthielten. Zögerlich und unsicher formulierte ich mein Ziel: Weißwasser in der Lausitz, nahe der polnischen Grenze. Die einzige, gedankliche Verbindung konnte ich zu dem bekannten Eishockey-Verein knüpfen, dessen endloser Gegner das Berliner Pendant war. Ich war mir sicher, dass es eine Weile dauern würde, bis sie mich durch die dicken, abgegriffenen Bücher in das Wald-Meer, Sand-Meer, Gar-nichts-Mehr lotsen würde. Freundlich schaute sie mich an, und ohne auch nur einen Blick auf oder in die Fahrpläne zu werfen, sprudelte die Verbindung mit 2 x Umsteigen einschließlich den dazugehörigen Uhrzeiten aus ihr heraus. Völlig überrascht notierte ich mir den Plan und trat irritiert zurück, um dem nächsten Reisenden Platz für sein Anliegen zu machen.

Am Abend vor der Einberufung sprach ich mit meinem Vater über die bevorstehende Zeit. Er selbst hatte als erster Wehrpflichtiger seines Alters an der innerdeutschen Grenze dienen müssen. Für die ungewisse Reise schenkte er meinem Herzen und meiner Seele zwei wichtige Gedanken. Sie wurden für mich in den folgenden Jahren immer wieder zu rettenden Inseln. Er riet mir: »Sieh alles unter sportlichem Aspekt.« Sportlich und ausdauernd war ich, da konnte mich keiner so schnell in Bedrängnis bringen. Und: »Wenn du draußen bist, genieße die Natur. In den militärischen Sperrzonen haben andere Menschen keinen Zutritt. Flora und Fauna dort sind einzigartig und unberührt. So etwas siehst Du so schnell nicht wieder.« Ja, die Natur mochte ich auch.

Am nächsten Tag stand ich auf dem Bahnsteig, noch in ziviler Kleidung, jedoch in der einen Hand eine schwarze, zusammenfaltbare Reisetasche aus Kunstleder, die Unterwäsche, Waschutensilien, mein Adressbuch, Federmappe, ein Buch und ein kleines Vorhängeschloss mit unbekannter Bestimmung enthielt. In meiner anderen Hand trug ich ein leeres Paket, bestimmt dazu, nach Ankunft in der Kaserne meine zivilen Sachen und meine Individualität nach Hause zurückzuschicken. Mit dieser Ausstattung standen mindestens 10 junge Männer, traurig und schwermütig auf dem Bahnsteig, allein, mit Eltern oder auch mit ihrer Freundin. Und plötzlich verstand ich, warum die Frau an der Bahnhofsauskunft die Verbindung nicht nachzuschlagen brauchte.

Der Einberufungsbefehl war unsere Fahrkarte. Diese Fahrt war frei. Wir unterhielten uns nicht, auch nicht während des Umsteigens. Und als wir in Weißwasser auf dem Bahnhofsvorplatz von den Offizieren und Unteroffizieren zur 6-monatigen Grundausbildung in Empfang genommen wurden, musste ich innerlich noch erhaben über diese so bizarre Situation schmunzeln. Schnurgerade angetreten, bliesen und schallten unsinnige Worte über den Platz, dass sich mein kurz geschnittenes Haar – noch ohne entsprechende Militär-Bedeckung – nach hinten bog. Anlass gaben einige Reisetaschen und vereinzelte, leere Pakete, die an einer imaginären Linie nicht millimetergenau ausgerichtet waren. Die Besitzer dahinter wurden gnadenlos zurechtgestutzt. Mein Schmunzeln verschwand rascher, als es mir lieb war, und mit ihm meine Freiheit, meine Sorglosigkeit.

Über diesen eklatanten Verlust retteten mich die Worte meines Vaters, die ich wie einen Schatz in meinem Inneren trug. Bei meiner Ausbildung zum Vermessungstruppführer in der

Artillerie verließen wir täglich die Kaserne, um uns im Gelände mit den kommenden Aufgaben vertraut zu machen. Abschreiten von Strecken, Orientierung, Messen, Rechnen ohne elektronische Geräte (wir hatten runde, mechanische Rechenscheiben) und die Übertragung in die Karte erfolgten in der Natur. Ich hatte ausgiebig Zeit, sie zu studieren und die Schönheiten tröstend wahrzunehmen. Größere Tiere sahen wir keine. Dazu waren wir wohl zu laut.

Die körperliche Ertüchtigung, manchmal auch Einschüchterung, war, den Sonntag ausgenommen, ein Bestandteil des Tagesablaufes. Beim morgendlichen 3-km-Lauf in Zugformation vor dem Frühstück, bei der Überwindung der Sturmbahn mit Ausrüstung oder beim 15-km-Marsch in voller Ausrüstung konnte ich auch Kameraden unterstützen. Ich empfand es als körperliches Training, da ich seit meinem Armeeeintritt auch kein Tennis mehr spielen konnte und den neu entdeckten Kurztriathlon aufschieben musste.

Einen weiteren Überlebensvorteil schenkte in den folgenden 6 Monaten eine enge Kameradenfreundschaft. Gemeinsam ertrugen wir es irgendwie, die Urinarien unserer Ausbildungskompanie mit der Rasierklinge zu säubern, und auch die Reinigung des Zimmers unseres Ausbilders nach durchzechter Nacht. Das breit verteilte Erbrochene war bereits getrocknet. Der Unteroffizier hieß Zaunkönig, hatte rote Haare und stolzierte wie ein Gockel … Tobte er sich wieder einmal aus, so summten wir für ihn hörbar gemeinsam den Refrain eines Schlagers von Nicole: »Flieg nicht so hoch, mein kleiner Freund. Die Sonne brennt dort oben heiß/ Wer so hoch hinaus will, der ist in Gefahr …« Sein Gesicht zeigte uns die gewünschte Wirkung.

Ein anderer Zaunkönig befahl mir mit einer Standluftpumpe in meiner Hand, die plattgedrückten Reifen der mobilen Artillerie in der Kanonenhalle wieder aufzupumpen.

Noch nie zuvor befand ich mich in dieser riesigen, stets gesicherten Halle und sah auch zum ersten Mal die Abschussvorrichtungen. Lange und gründlich suchte ich nach einer Andockmöglichkeit für meine Luftpumpe und hatte Angst vor den Konsequenzen, wenn ich den Befehl nicht ausführte. Woher sollte ich wissen, dass ich kein Ventil an den Rädern finden werde, weil sie aus Vollgummi waren? »Ha, ha, ha, …«

Es fiel schwer, die eigene Würde nicht zu verlieren. Menschen, die im zivilen Leben außerhalb der Kasernenmauern wahrscheinlich gescheitert wären, durften über meine Leidensgenossen und über mich entscheiden. Sie bestimmten über unsere Tage, über die Nächte, die zwei einzigen Abendausgänge in die Zivilisation und das einzige kurze Wochenende Heimaturlaub in diesen 6 Monaten.

Überall auf der Welt ist die Armee ein eigener Organismus mit seinem vorbestimmten Zweck. Er muss wohl so funktionieren. Und manche meinen, das rettet Leben. Aber ich war nicht freiwillig hier.

Das kleine Vorhängeschloss in meinem Gepäck fand seine Bestimmung, in dem es eine kleine Klappe in dem sonst offenen Spinden verschloss, die meine Wertsachen und ein Fragment meiner Intimität verbarg. Mein Kamerad hatte auf der Innenseite eine beinahe verbotene Postkarte seines Onkels angeklebt – sie zeigte eine Trauminsel der Malediven – damals mit für uns exotischen Palmen, schneeweißem Strand und herrlich blauem Wasser. »Wenn das alles hier vorbei ist oder uns die Flucht gelingt, werden wir uns dort eines Tages treffen.« So verabredeten wir uns mit Hoffnung im Paradies.

Nach den 6 Monaten in der Unteroffiziersschule folgte die Versetzung in die reguläre Truppe. Dank eines außergewöhnlichen Zufalls von Menschlichkeit reiste ich tatsächlich in meine Heimatstadt Leipzig. Sie versprach eine wohlwollende Veränderung, war aber schließlich doch nur eine weitere Variation der Absurditäten. Ich war zu Hause und konnte doch nicht nach Hause.

Die Wendezeit mit ihren Montagsdemonstrationen intensivierte die Perversität innerhalb der Kaserne noch einmal. Für die Soldaten bedeutete es jeden Moment, mit einem Einsatzbefehl zu rechnen und auf Familie, Freunde oder Gleichgesinnte schießen zu müssen oder bei Befehlsverweigerung selbst erschossen zu werden.

Dankbar und selig darüber, die Waffen, die ich niemals benutzen wollte, nur geputzt zu haben, blicke ich auf die friedliche Revolution.

Dennoch hinterließ diese Zeit unsichtbare Narben und einen jährlich wiederkehrenden Alptraum mit dem hilflosen, rasend machenden Gefühl, eingesperrt zu sein und Dinge tun zu müssen, die ich nicht tun wollte. Der Herbst 1989 erlöste mich nur partiell. Erst im folgenden August 1990 konnte ich dieses menschenverachtende Monstrum verlassen und ein Jahr früher als geplant mit meinem Studium beginnen. Ich hatte meine Freiheit verloren, bekam sie nun aber in überschwänglichem Maße zurück.

Mein engster Kamerad erlebte das Ende der NVA im Artillerieregiment in Eggesin. Unsere Freundschaft ist geblieben und Jahre später reiste er auch zu den Malediven.

Die Reisetasche in meiner Hand werde ich nun jedoch entsorgen.

Ohne Gurt

Ulrike Ruppin

Ich erinnere mich an das Unbehagen in meinem ersten Stau. Ich saß auf der Rückbank und starrte auf das, was sich außerhalb der Papphülle abspielte: Am Straßenrand standen Menschen mit Bananen und Apfelsinen in den Händen, die uns anboten, bei ihnen zu übernachten. Mir war eingebläut worden, mich nicht mit Fremden einzulassen, und nun drangen ihre guten Absichten ungehindert durch das heruntergelassene Beifahrerfenster.

Übernachtet haben wir erst später, bei Leuten, deren Namen ich von ausgebliebenen Paketen kannte. Ihre Gesichter erschienen mir weniger freundlich als die der Menschen mit den Westfrüchten. Obststücke wurden abgezählt und zugeteilt und der nächste Morgen schmeckte säuerlich.

Ich erinnere mich an die langen glatten Haare von Frau Henning, meiner ersten Klassenlehrerin. Sie sang mit uns Kanons und fand Eingang in zahlreiche meiner frühen Kunstwerke. Ihre Haare malte ich immer bis zum Po. Irgendwann verschwand sie, wie die Schulstunden am Sonnabendvormittag. An einen Abschied kann ich mich nicht erinnern.

Die Neue trug eine Dauerwelle und eine aufgesetzte Nettigkeit. Einmal rief sie mich zu sich, weil ich über sie geredet hatte.

Bis dahin war mein Betragen mit einer Eins benotet worden. Meine erste Zurechtweisung fühlte sich bang und verloren an.

Ich erinnere mich an die Krallen von Kater Schnurri in den Armen meines Vaters. Er war, wie vieles andere auch, plötzlich in unserem Viertel aufgetaucht, hatte die Herzen meiner Familie erweicht und wusste das für sich zu nutzen. Streicheln ließ er sich immer nur kurz.

Als wir wegzogen, sollte er ins Tierheim umziehen, weil er dort versorgt gewesen wäre. Doch er wehrte sich mit aller Entschlossenheit dagegen. So hatte ich ihn nie erlebt, aber ich konnte ihn verstehen. Am Ende wurde ein Nachbar gefunden, der versprach, ihn ab und an zu füttern. Ich hoffe, Schnurri war glücklich mit seiner Entscheidung.

Ich erinnere mich an himmelblauen Plüsch an meinem ersten Weihnachten. Zumindest glaube ich das, wenn ich das Schwarz-Weiß-Foto anschaue: Ein Doppelporträt von mir und Hasi Hopp, der unterm Weihnachtsbaum auf mich gewartet hatte. Woran ich mich tatsächlich erinnere, ist das Gefühl, wenn ich aufwachte und er mich mit seinem treuen Gummigesicht anlächelte.

Irgendwann wurde er weggetan, weil ich ihn kaputtgeliebt hatte und sich sowieso alles änderte. Neulich habe ich ihn in einer Sammlung wiedergesehen und mich gefragt, ob die Kindheitsrelikte anderer auch ausgestellt werden oder von der Bundeszentrale für politische Bildung abgedruckt.

Ich erinnere mich an gekringelte Kartoffelschalen auf unserem Küchentisch und meine Mutter, die mich fragt, warum ich mich ständig räuspere. Bis dahin war mir nicht klar gewesen, dass ich das tat, geschweige denn, dass andere es hören konnten. Der

Kinderarzt hielt es für eine schlechte Angewohnheit, ich für hochnotpeinlich.

Im Laufe der Jahre habe ich einiges probiert, um es loszuwerden: Meditation, Marihuana, Medikamente. Mir wurde erklärt, es sei eine Fehlregulation im Gehirn. Ich glaube, da hat etwas Spuren hinterlassen, wie Druckstellen, die man nicht einfach wegschneiden kann.

Ich erinnere mich an die Wiese hinter unserem Block, an die Kletten darauf, mit denen wir uns bewarfen, bis eine im Haar eines Mädchens landete. Hinter den angrenzenden Garagen verbargen sich dick isolierte Rohrleitungen, auf denen die Jugendlichen saßen und sich küssten, bis wir sie zu erschrecken versuchten. Wenige Sommer zuvor waren wir noch mit nackten Pökern über die Wiese gestürmt, um den Handtüchern zu entgehen, in die wir nach dem Baden gewickelt werden sollten.

Bis heute träume ich von dieser Wiese, wenn ich den Halt zu verlieren drohe. Ich steige in die Luft wie ein Ballon, betrachte das Areal von oben, den Wäscheplatz, den Weg zum Konsum, und hoffe, dass das Seil nicht reißt.

Der Sittich

Sándor Békési

An einem runden Tisch, auf einem runden Spitzentischläufer, stand in der Mitte, umgeben von sechs runden Platzdeckchen, ein runder Kuchenteller mit einem runden Käsekuchen darauf. Die Kaffeemaschine aus der Küche gurgelte mit aller Anstrengung. In den Nachmittag hinein zwitscherte ein verwitweter Wellensittich in seinem Käfig in der Ecke der Wohnstube um die Aufmerksamkeit, darum, dass das Verhältnis von Vogelsand und Kot nicht mehr stimmte.

Hilde wurde an diesem Tag vor 82 Jahren in einem Vorort einer Stadt in Vorortsgröße geboren. Das sollte und wollte gefeiert werden, da man so jung nicht mehr zusammenkommen würde. Neben einem Kassettenradio überblickte in einem vergoldeten Rahmen ein rundes Gesicht mit dicken Augenbrauen und seltsamem Schlafzimmerblick das Wohnzimmer. Dieter, Hildes einziger Mann, der vor ein paar Jahren seine Augen für immer schloss.

»Drrriiinnngggg, drrriiinnngggg!«, schrillte die Türklingel dringlich. Hilde stellte sich auf die Zehenspitzen, lugte mit einem Auge durch den Spion und erkannte die lange Nase von Paul, ihrem Paulchen. Hilde stand wieder fest mit ihren Pantoffeln auf dem Linoleum, hakte das Kettchen von der Tür ab und öffnete mit einem hellen Lächeln.

»Ach Paulchen, da seid ihr ja schon.« Paulchen mochte es nie und schon gar nicht mit 58 Jahren, Paulchen genannt zu werden. Hinter Paulchens breiten Schultern warteten Petra, die Tochter von Paulchen, und Max, der Ehemann seiner Schwester Inga. Inga konnte nicht kommen, Inga war auf Geschäftsreise. Als alle Oma Hilde umarmt, sie mit Blumensträußen und Geschenkbeuteln behangen und ihre Schuhe abgestreift hatten, füllte sich der Kaffeetisch zur Hälfte, während der Sittich aufgeregt auf seiner Stange herumtanzte.

Auf den Untertassen zitterte Hilde den dampfenden Kaffee ins Wohnzimmer. »Drrriiinnngggg, drrriiinnngggg!« Vor Schreck machte eine Tasse einen Satz und landete wie durch ein Wunder unbeschadet auf dem dicken Teppich, der einen braunen Koffein-Schock bekam. Mit »Um Himmels Willen!«, wurde das Malheur als göttliche Bosheit ausgerufen. Petra sprang zur Tür, während Oma Hilde den Fleck mit einem weißen Küchentuch abdeckte, als läge eine winzige Leiche im Wohnzimmer.

Toni bremste seine Umarmung ab und ließ das ›Y‹ von ›Happy‹ weg, als er Petra statt Oma Hilde im Türrahmen sah. Clara schubste ihren Sohn Toni in die Tür und umarmte Petra. Mit »Was war denn hier los?« betraten sie den Raum, stellten Pralinen und Kölnisch Wasser ab und schauten besorgt zum Käfig.

Der Sittich zwitscherte lebendig.

»Tja, das passiert, wenn man zu spät kommt«. zischte Paul zur Begrüßung seiner Schwester Clara zu. Nachdem die übliche Spannung zwischen dem Geschwisterpaar hergestellt und der verunfallte Kaffee ersetzt wurde, war der Käsekuchen von allen Anwesenden umzingelt.

Max bot in seiner routinierten Höflichkeit seiner Sitznachbarin Petra die Zuckerschale für den Kaffee an und bereute schnell seine Frage »Zucker?«

»Na zum Glück, noch nicht«, bekam er prompt zu hören, während er bemerkte, dass Petra mit einem Blick auf seinen von der Tischkante eingedrückten Bauch ihre Aussage bekräftigte. Jeder, der seinen Kaffee schwarz und ohne Zucker trinkt, ist für Max ein Psychopath, da er das mal in einem Meme gelesen hat. In Petras Augen ist Max ein dicker Computer-Nerd, der sich gehen lässt und für den irgendwelche Bits, Bytes und Server mehr wert sind als sein eigener Körper.

»Wo ist denn Inga?«, fragte sie spitz. »Auf Geschäftsreise. Sie ist aufgestiegen zur Marketing-Managerin und muss jetzt öfter auf Messen«, antwortete Max etwas trocken. Der erste Spross der Karriereleiter ist in unserer männerdominierten Welt doch nur unter dem Tisch eines Chefs zu finden, dachte Petra verbittert, könnte es aber in Anbetracht des unter Hochspannung stehenden Pullovers und der Lichtung auf dem Kopf von Max verstehen, wenn Inga mal auf einem anderen Gleis fahren würde.

»Und wie läuft es bei dir so?«, erklang die Frage zynisch in Petras Ohren. Im Gegensatz zu allen anderen hat sie, wie sie meint, ihre Ideale zum Beruf gemacht. Bei dem Gesundheitssystem, kein Wunder, dass die Leute ihr anfänglich die Heilpraktiker-Praxis eingerannt haben. Jeder Mensch hat das Recht, auch medizinisch ganzheitlich betrachtet zu werden. Alles hat mit allem zu tun, ob im Körper, der Welt oder im Universum. Davon war und ist sie überzeugt. Doch längst vorbei, die guten Zeiten. Bei den derzeitigen Krisen mussten Abstriche gemacht werden, und die meisten ihrer Patienten trieb es zurück in die Schulmedizin. Privat oder gesetzlich, in ihren Augen ein Verbrechen an der Menschheit.

»Na ja, der harte Kern meiner Patienten trägt noch mein Geschäft«, entglitt es ihr ungewollt ehrlich und mit traurigem Einschlag in ihrer Stimme. »Sieh es mal so, du hast zumindest einen Job, der vor der KI sicher ist.« Max wollte Petra damit aufmuntern, doch merkte er, wie ihm der Satz etwas in der Kehle steckte. »Aber davor bist du nicht gefeit, oder?«, schob Paul sich ins Gespräch. »Tja, ihr ITs habt schön an eurem eigenen Ast gesägt«, feuerte er hinterher.

»Das wird dir früher oder später auch als Lehrer blühen«, bemerkte Max störrisch. Schulterzuckend und unter seinem Bart prustend: »Ich bin am Ende meiner Karriere, meinen Kräften und meiner Zuversicht, dass aus dieser Generation noch etwas werden könnte. Ich korrigiere doch sowie nur noch Ergüsse der sogenannten künstlichen Intelligenz, während die Schüler immer dümmer werden.« Max und Paulchen ertüchtigten sich in einem verbalen Ping-Pong-Spiel über Bildung und Technik. »Der Taschenrechner war die Wurzel allen Übels, der Zeitpunkt, an dem die Menschheit aufgehört hat, selbst zu denken«, war sich Paulchen sicher.

»Jetzt ist aber mal gut«, bebte Claras Stimme dazwischen. »Diese Welt hat ganz andere Probleme, wir können froh sein, wenn wir nächstes Jahr hier noch gemeinsam sitzen.«

»Wo willst du denn nächstes Jahr hin?«, fragte Oma Hilde mit großen Augen.

»Nirgends, Mama. Ich mein nur, wir sollten uns nicht streiten.«

Clara war es schon immer wichtig, Harmonie herzustellen, in einer Welt, in der es nicht viel Harmonie gab. Sie war die jüngste der drei Geschwister und ist mit Verlustängsten groß geworden. Zum einen, da ihr bewusst war, dass alle älter und dadurch dem Tod näher waren als sie, zum anderen war sie leider oft Zeuge beim Hinscheiden anderer. Als sie sechs Jahre alt war, war sie mit Opa Otto im Kino. Opa Otto schlief oft ein, doch bei jenem Film stand er auch nach dem Abspann nicht auf und wollte sich auch von den Kino-Mitarbeitern nicht hinausbitten lassen. Clara saß nur daneben, schüttelte ihren Opa, erklärte dem Personal, dass er einen festen Schlaf hat, bis diese den Notdienst verständigten. Clara weinte bitterlich, während sie im Krankenwagen mitfuhr.

Um den Abschied etwas leichter für Clara zu machen, reinkarnierte Opa Otto in Form eines Hamsters, wurde jedoch im Laufe der Zeit nummeriert. Otto Nummer 1 war das Kennenlernen mit dem Kater von Claras Freundin nicht so gut bekommen. Otto Nummer 2 übertrieb das Hamstern und erstickte dabei. Otto Nummer 3 war ein erstaunlicher Kletterer, erklomm den höchsten Kleiderschrank und stürzte an Claras Händen vorbei in seine letzte Reinkarnation zu Otto Nummer 4. Darin überlebte er tatsächlich zweieinhalb Jahre, bis er beim Freigang im Kinderzimmer in das Kabel einer Lampe biss, diese erlosch und Rauch aus seinem Fell stieg. Clara war es gewohnt und dachte, dass es an der Zeit war, sich nun endgültig von ihrem Opa zu verabschieden. Neben dem fünffachen Tod von Opa Otto musste sie mit ansehen, wie der Postbote auf dem Weg zu ihrem Briefkasten von einem Bus mitgenommen wurde, ein Akrobat in einem Zirkus das Netz verfehlte und ein umfangreicher Mann neben ihr im Schwimmbad mit dem Kopf nach unten trieb.

Nun war sie die Ältere für ihren Sohn Toni und hatte die Sorge, ihn eines Tages nicht mehr beschützen zu können, vor Krieg, Terror und dem Tod. »Habt ihr das mit den Manövern an der Grenze in den Nachrichten gesehen? Da kann einem nur angst und bange werden.«

Max: »Da wird sicher nichts passieren, die Menschheit hat aus ihren Fehlern gelernt.«

Paulchen prustete erneut in seinen Bart. Er als Geschichtslehrer kennt die Aufs und die Abs der Menschheit: »Ich sage nur Generationentheorie, die Geschichte beweist es, alle achtzig bis einhundert Jahre legt sich die westliche Welt in Schutt und Asche.«

»Ganz toll Paul, das hebt wirklich die Stimmung«, empörte sich Clara.

»Ach Mutter, wenn das nur unser größtes Problem wäre. Wir stehen vor einer globalen Klimakrise, die säbelrasselnden Despoten dieser Welt sind dagegen ein Witz«, kippte Toni Benzin ins Feuer. »Hör mir damit auf, das ist doch nur Panikmache, damit wir mehr CO_2-Abgaben blechen dürfen. Ein Panzer stößt pro Kilometer etwa das Hundertfache eines Autos aus, da interessiert das keinen«, klopfte Paul energisch auf den Tisch und brachte das Geschirr zum Beben.

Doch Toni interessierte das sehr wohl, er studierte Umwelt und Nachhaltigkeitswissenschaften, kämpfte an Freitagen für die Zukunft, organisierte lokale Aktionen und machte sich bereits einen Namen in Aktivistenkreisen. Er versuchte schon früh, die Ängste seiner Mutter zu verstehen und auf seine Weise die Welt zu retten. Für ihn war die Einstellung seines Onkel Paulchens symptomatisch für die Probleme der Gesellschaft, eine resignierte ältere Generation, die alles schwarzmalte, die Probleme von sich wegschob und andere dafür verantwortlich machte. Seine Generation müsse nun die Karre aus dem Dreck ziehen.

Der Sittich stieß fünf Laute aus, die sich wie zerquetschte Schreie anhörten.

Tonis Gesicht war von jugendlichem Eifer gerötet, während er Luft holte und zum Gegenschlag ansetzte. Die Hand seiner Mutter Clara legte sich auf die seine, und er verstand die Bitte, sich für Oma Hilde zurückzuhalten.

»Wie läuft denn deine Wohnungssuche?«, wollte Tonis Cousine Petra wissen, um das Gespräch in eine andere Richtung zu lenken.

Toni rührte gedankenverloren in seinem Kaffee: »Na ja, schleppend, wird wohl doch eine WG, allein bekomme ich das finanziell nicht hin.«

»Kein Wunder, bei den Immobilienpreisen, irgendwann streiten wir uns um die Brücken, unter denen wir noch schlafen können«, polterte Paulchen auf dem nächsten Thema herum.

»Wurdest du zum Wutbürger befördert?«, wollte Max wissen.

»Ach, du bekommst, doch hinter deinen Bildschirmen nichts mit, von der Realität«, schoss Paulchen zurück.

Der Sittich wirbelte mit seinen Flügeln Staub auf.

»Wegen mir muss Toni auch noch nicht so schnell raus«, schob Clara eine mögliche Eskalation beiseite. Toni war die Konstante in Claras Leben, eine Aufgabe, um die sie sich kümmern konnte, damit ihr nicht auffiel, dass sich sonst nicht viel tat in ihrem Leben. Tonis Vater war ein Schatten in ihrer Vergangenheit, der vom Licht ihres Sohnes längst überstrahlt wurde. Seitdem war Toni der einzige Mann, der ihr wirklich wichtig war.

Paulchen zog die Brauen hoch und stützte sich auf die Tischkante: »Du kannst Toni ja nicht zum Muttersöhnchen machen, er muss endlich mal auf eigenen Beinen stehen. In seinem Alter war ich längst über alle Berge, hatte mein Studium fertig und wurde Vater.«

»Tja, Papa, heute drehen sich die Uhren eben anders«, gab Petra zu bedenken.

Schnelllebig ist an dieser Zeit nichts, ewige Studenten, ewige Singles, ewige Versager. Reizüberflutet, gelähmt von zu vielen Möglichkeiten, unsicher ob ihres Geschlechts, ihrer Pronomen und ihrer Sexualität, dachte und verkniff er sich. Der alte weiße Mann fühlte sich von der jungen bunten Welt abgehängt, so dachte Petra. »Apropos Petra, mit vierunddreißig tickt die biologische Uhr immer noch so laut wie früher. Wo bleiben denn meine Enkel?«

Petra wurde rot und verstummte. Sie hatte dafür keine Antwort, die ihrem Vater gefallen würde. Sie quälte sich im Laufe der Jahre durch unglückliche Beziehungen mit Männern und versuchte, sich mit den Gedanken an eine eigene Familie anzufreunden.

Doch je fester sie das konservative Korsett um ihr Leben schnürte, desto mehr wollte sie sich wieder davon befreien. Paulchen hatte von seinem einzigen Kind die Vorstellung gehabt, dass es seine Fußstapfen erweitert, vielleicht Wissenschaftlerin wird, einen wohlsituierten Professor heiratet und ihm ein paar hübsche Enkel beschert. All dies ist bisher nicht passiert und Petra weiß, dass es das nie wird. »Ich habe eine Freundin«, platzte es aus ihr heraus.

Irritiert von der Zusammenhanglosigkeit, fragte Paulchen kurz und knapp: »Und?«

»Die wartet im Auto unten auf mich«, sagte Petra mit brüchiger Stimme und der Hoffnung, dass es vielleicht die Gelegenheit sei, ihre Freundin der Familie vorzustellen.

»Du willst schon wieder weiter?«, fragte Oma Hilde. »Die jungen Leute sind immer auf der Flucht.«

Der Vogel rüttelte an den Käfigstäben.

Paulchen räusperte sich und stellte fest: »Wir haben ja noch nicht mal den Kuchen angeschnitten.«

»Sind da Rosinen drin?«, wollte Max wissen, der noch nie den Käsekuchen seiner Schwiegermutter probierte.

»Aber natürlich, sonst ist es doch kein Käsekuchen!«

Max lächelte flach und sparte sich eine Erwiderung. Petra zog eine kleine Tupperdose unter dem Tisch hervor und schob sie zu Max. »Kannst du haben, ist ohne Rosinen, aber vegan und ohne Zucker. Ich muss dann mal los.«

»Was sind denn das heute nur für Moden?«, empörte sich Paulchen und schob hinterher: »Das gab es früher alles nicht, da wurde gegessen, was auf den Tisch kam, und vor allem gemeinsam.«

»Früher war schon alles besser«, sinnierte Oma Hilde mit einem seltsamen Blick und dachte dabei an ihre Vergangenheit. An ihre Geburt am Ende eines Krieges, die ihr die Mutter nahm, an eine entbehrungsreiche Kindheit, gefolgt von einer harten Jugend, die sie auf ein Leben mit einer monotonen Arbeit und einer ernüchternden Ehe vorbereiten sollte. Ein Leben, das geprägt war von finanziellen Nöten, Ängsten und Misstrauen und der Hoffnung, dass es ihren Kindern besser ergeht als ihr.

»Ja, früher war alles besser!«, wiederholte Paulchen.

Der Sittich hebelte mit seinem Schnabel den kleinen Haken vom Türchen des Käfigs auf und flatterte in den Himmel der Wohnstube, gab ein paar schrille Laute von sich und warf sein Wort zum Sonntag in Form eines satten Flatschers über dem unberührten Käsekuchen ab. Nach ein paar Runden über den Köpfen und am Besen vorbei, der ihn in Richtung Käfig lenken sollte, landete er mit geschwollener Brust auf dem vergoldeten Bilderrahmen, über dem runden Gesicht von Dieter.

Wie man sich einen Künstler hält

Julia Kulewatz

11:13 Uhr Ortszeit, öffentliche Stadtratssitzung, nichtöffentlicher Teil, Rathaus Neu-Eich, offizielles Thema: Ausschreibung des Stadtschreiberstipendiums, inoffizielles Thema: Wie man sich einen Künstler hält.

Die hitzig geführte Diskussion war bereits seit einigen Stunden in vollem Gange. Einige Mägen knurrten, manch einer unterdrückte ein widerwilliges Grunzen, wieder andere hatten den Blick unverrückbar auf ihre Smartphones und Tablets geheftet; scrollten, wischten, schüttelten den Kopf, gähnten. »Auf keinen Fall nehmen wir eine Frau!« Ein Letzter ließ sich todesmutig ein: »Ja, aber Frau Stadträtin, Sie wissen doch, die Quote …, na ja (Räuspern), jedenfalls die Ausschreibung müssten wir schon so gestalten, dass sich niemand ausgeschlossen fühlt, was oder wen wir dann entscheiden, liegt ganz bei uns«, räusperte sich der Stadtrat erneut und mit tadelnder Miene, die er der Stadträtin höchstpersönlich angedeihen ließ. Die anderen Stadtratsmitglieder nickten eilig Zustimmung in Richtung ihrer Endgeräte, nur einer eilte in Richtung Waschraum. – *Enthaltung.* Niemand wollte sich so richtig einmischen, Zähne zeigen, denn man wusste, welche Fallstricke die Stadträtin im Ernstfall zu ziehen wusste, außerdem zweifelten nicht wenige der Stadträte von Neu-Eich noch immer am Nutzen, an der Funktion, gar der Daseinsberechtigung eines Stadtschreibers, eines Künstlers überhaupt, und schließlich wollte man ihm diese in Form eines von der Stadt ausgeschriebenen Stipendiums einräumen: *eine waschechte Daseinsberechtigung*, ganz ohne verpflichtende Spendenbasis, Straßenmusik und das demütigende Herumreichen des obligatorischen Hutes.

Die Stadträtin (übrigens die einzige in diesem illustren Kreise von Kommunalpolitikern) rieb sich erschöpft seufzend, dafür aber nicht weniger affektiert, ihre bereits ergrauenden Schläfen. Schließlich war es ihre Idee gewesen. Das Ganze sollte dem Stadtmarketing zugutekommen, das Profil der Nachbarstadt Eich gegenüber final zu schärfen, in deren Schatten Neu-Eich seit jeher, also seit der Stadtgründung vor gut 220 Jahren, aus einem militärischen Vorposten heraus, stand. Neu-Eich musste sich endlich als eine eigene Stadt präsentieren, von dem wesentlich älteren Eich abheben, unabhängig sein. *Autark* war ein nettes, aber unrealistisches Wort für dieses Bestreben. Denn sogar die Bundesländer, denen die beiden Städte angehörten, waren, auch wenn sie nebeneinanderlagen, verschiedene. Das musste herausgestellt werden! Es gab eine Grenze! Auch wenn diese unzulänglich durch eine dünnsilbern, mattspeckig glänzende, von den vielen täglichen Überschreitungsschritten einer Fußgängerzone unbedacht touristisch getretenen Plakettenlinie auf einer maroden Brücke markiert, ihrem bloßen Daseinszweck ergeben, darniederlag.

Die Stadträtin rang, von den anderen Ratsmitgliedern unbemerkt, innerlich entnervt, aber niemals in ihren Grundfesten erschüttert, um Fassung, sammelte sich, strahlte Souveränität in ihre Umgebung aus, bildete einen, nein, den Resonanzraum, wusste: Zur Not blieb ihr die *Copycat*. D i e Copycat, ihre Copycat, liebevoll »CC« genannt. Allein die Vorstellung eines Kosenamens war an ein süffisantes, tief verinnerlichtes Schnurren gekoppelt, das sie jetzt in ihren Gedanken hören konnte, ganz, als würde sich das widerborstige Untier schmeichelnd um ihre Hosenanzugbeine winden, nach Thunfisch und unerlaubten Kopien gierend. CC war eine gelbäugige, vierbeinige und einschwanzige Geheimwaffe der phantastischen Art. Ein durch und durch lebendiges Überbleibsel aus Kindertagen. Sie war und blieb Familie. Jemand, den man mitbrachte, jemand, zu dem man nach Hause kam, und das so schnell es nur ging. Nichts konnte man vor diesem Wesen geheim halten. Die Copycat kannte und wusste alles. Unbrauchbares Wissen würgte sie in widerwärtigen Fellknäulen zu Füßen der Unbenutzbaren aus. Sie setzte Statements, ohne sich zu einem schnöden »Miau« oder zu einem stinkenden Katzenfurz, der zweifellos so lange wie nötig und noch darüber hinaus im Raum gestanden hätte, herablassen zu müssen. Markierungen erforderten zuvor eruierte Wertigkeiten und damit verbundenen Nutzen, dafür gab es die Kopien.

Die Copycat war eine profunde Mischung aus der unentscheidbaren Existenz von Schrödingers Katze und der Carrollschen Grinsekatze. Ein furchtlos auf diesem Planeten wandelndes Theorem, das sich ohne das Beachten von Naturgesetzen von hinten anschlich, wie es ihm oder besser ihr beliebte. Auch die Copycat grinste gut und viel, denn sie war ein gänzlich steuerfreies Wesen. Etwas, das sie mit der Cheshire Cat gemeinsam hatte, das und ihre Fellverfärbungen nach Laune. So färbte sich ihr hoch aufgerichteter Schwanz alarmierend lila, wenn sie etwas gefunden hatte, bei dem sich das Kopieren lohnte und geeignet war, es für die eigene Gewinnoptimierung, für die Vorveröffentlichung freizugeben und einzutauschen, selbstverständlich nur gegen entsprechende Gegenleistung. Nicht immer bestand diese aus Thunfisch, manchmal wollte sie, dass man ihr intime E-Mails weiterleitete oder ihr einen obszönen Witz erzählte. Dann trainierte sie ihr Grinsen.

Die Stadträtin rieb sich die Augen, blinzelte ungehalten, mit ihr seufzte der Hosenanzug, jetzt lauter, gerade laut genug, dass man den Seufzer nicht mehr übergehen konnte und ... sie war nun einmal die einzige Stadträtin im Saal, das fiel dann doch ins Gewicht. Sie war nicht Teil der murmelnden Geräuschkulisse. *Die Quote ...* als einzige Stadträtin fürchtete und nutzte man diese nach eigenem Ermessen. Der maßgeschneiderte Hosenanzug unterstrich das als ein modisches Mahnmal politischer Verfehlungen und weiblicher Verfremdung. Er stand wie sie im Raum, nicht als Katzenfurz, sondern als gleichfalls souveränes Double, fast schon, als hätte er eine eigene Persönlichkeit, ein figurbetonter, schultergepolsterter Abdruck ihrer Ziele. Eine Künstlerin hätte diesen bloß im Wege gestanden.

Mithilfe des Hosenanzuges übertönte die Stadträtin ihre männlichen Kollegen, ohne schreien zu müssen: »Es wird aus verschiedenen Gründen ein Mann werden!«, versetzte sie mit Nachdruck. »Glauben Sie mir, meine Herren, diesen Debattenraum wollen sie gar nicht erst öffnen«, und das war ihr letztes Wort.

Die Stadträte hatten sich an ihr müde diskutiert, sie dachten an ihre Frauen, Männer, gutes Essen, die Autos, die Boote, an die Urlaubsplanung, dann gequält an ihre missratenen Kinder, dann an ihre Gärten, an Geld und Viagra. Jeder innerhalb seiner eigenen Prioritäten. Zu guter Letzt gab es keine Einwände mehr. Man konnte die Sitzung getrost (wenn auch nicht guten Gewissens) für beendet erklären. So wollte es auch das Protokoll, welches die Stadträtin wie stets vor Veröffentlichung eigenhändig redigierte. Themen dieser Art konnte man nicht dem Zufall überlassen, ebenso wenig wie die Ausschreibung: Der geforderte und gegebenenfalls geförderte Künstler sollte nicht nur literarisch bewandert sein, er sollte singen, malen, tanzen, musizieren und überzeugen können, und zwar einzig und allein mit den Argumenten der Stadt, repräsentabel ummantelt von seinem künstlerischen Schaffen, bewacht von der Copycat. Als Person, das wusste die Stadträtin sofort, durfte er weder auffällig schön noch unansehnlich sein, nicht zu alt und nicht zu jung und vor allem sollten die Ansprüche, die er an die Stadt stellen würde, Gehalt und Unterkunft betreffend, so gering wie möglich ausfallen. Das Geld wurde anderweitig gebraucht und schließlich konnte man den Wert von Kunst an sich schlecht bemessen, der lag ja im Auge des Betrachters, da hing dann naturgemäß auch der Wertschöpfer, also der Künstler selbst in seiner Person dran und viele Augen sehen mehr als zwei und sollten diese auch noch so kreativ dreinblicken. In einer Demokratie entscheidet schlussendlich die Mehrheit für die Übertragung von Regierungsgewalt auf einzelne Volksvertreter. Das war natürlich nicht mehr vollständig auf den altgriechischen Bedeutungsursprung zurückzuführen, nennen wir es *Volksherrschaft*. Doch die Neu-Eicher Stadträtin dachte bereits an Katzenfutter und lächelte entzückt, auch wenn sie heute keine Zähne zeigte.

An einem unterkühlten Frühsommertag kam der vom Stadtrat einstimmig erwählte Künstler mit gemischten Gefühlen und wenig Gepäck an, um sein dreimonatiges Amt in Neu-Eich anzutreten. Er war weder zu jung noch zu alt, weder zu schön noch zu hässlich. Man hätte ihn, ohne beleidigen zu wollen, als einen totalen Durchschnittstyp bezeichnen können. Er würde sich glänzend einfügen, dessen war man sich sicher. Seine Unterbringung, und darüber sollte er froh sein, bestand nicht, wie man zuvor für ihn geplant und öffentlich ausgeschrieben hatte, aus einem städtischen Hotel mit entsprechend repräsentativer

Lage, nein … man brachte ihn in einer intim-romantischen Gartenlaube in einem Vorgarten einer Wohnsiedlung Neu-Eichs unter, mit der Begründung, dass sein Schaffen ja nicht unter Ausschluss der geneigten Öffentlichkeit stattfinden sollte, dass man ihn sehen und sein Können genießen wolle, und schließlich sei er ja den Sommer über hier und müsste demnach auch die Kälte nicht fürchten. An Einsamkeit seien bereits genügend Künstler gestorben und für das Sterben sei der doch zu jung und auch zu schön und zu wichtig in seiner Rolle für die Stadt, die seiner bedürfe wie die Mutter des Kindes. Dementsprechend würde man für sein Auskommen schon zu sorgen wissen. Man verbrachte ihn mit allerlei von der Stadt gespendetem Utensil und gutgemeinten Empfehlungen in den vorsichtig blühenden Vorgarten seines dreimonatigen Stadtschreiberseins. Seine auf Kosten der Stadt angemietete Laube lag nicht fern von einer großen, gut eingerichteten Hundehütte, in der ihn unangeleint »sein bester Freund« treu begleiten sollte, bei allem, was ein Künstler den lieben langen Tag zu tun pflegte.

Der Künstler aber fragte nach freier Zeit zur eigenen Gestaltung fern von der Gartenlaube und auch, wann er seine Frau und den kranken Vater zu Hause besuchen könnte, er fragte nach einem Fahrrad, um sich durch die ganze halbe Stadt bewegen zu können, und er fragte nach dem Weg zur Bibliothek, einem Internetzugang und, am allerschlimmsten, er wollte die Grenze zu der Stadt sehen, die man nicht nennen wollte, um die er sich nicht kümmern sollte. Im Glanze von Neu-Eich fragte er nach Eich.

Man wollte ihm jedoch weder auf die Schnelle antworten, Behörden und der damit verbundene Beamtenapparat bräuchten schließlich ihre Zeit, noch wollte man ihm der Fairness halber neben dem Unterbringungswechsel weitere Zugeständnisse machen. Die Leinwände, Hartfaserplatten, Pergamente, Pinsel,

Stifte, Farben, die Tinte (genug, um darin zu sitzen), der Kassettenrekorder, das Notizbuch, das ungestimmte, wie er leicht verzogene, Klavier im Garten, die von Kindern des Neu-Eicher Gymnasiums in der Musik-AG gebaute Trommel, das Schweißgerät und der dazugehörige Schrott, das dreimonatige Probeabonnement des städtischen Anzeigers, »Das Neue Eichblatt«, und sein neuer bellender bester Freund, er hörte auf den göttlichen Namen »Thor«, sollten genügen, nicht zu vergessen der von der Stadt geliehene Pieper und das Mobiltelefon, über das man ihn 24 Stunden lang zu seiner eigenen Sicherheit kontaktieren und jederzeit unentgeltlich beraten könne, und die vom Rathaus aus steuerbare bewegungsaktivierte Überwachungskamera, die man an der Mietlaube angebracht hatte, um ihn vor übereifrigen Fans zu schützen. Froh und vor allem dankbar sollte er sein. Unter so unglaublich vielen Bewerbungen hatte man ihn erwählt, und das im digitalen Zeitalter, in denen man die Kunst getrost der KI überlassen könnte. Könnte! Aber als Stadt mit Werten hatte man sich unter einigen bekannten Namen all diesen zum Trotz nicht nur für einen Menschen, sondern für einen Newcomer entschieden.

Der Künstler war vertraglich an die Stadt gebunden, also richtete er sich mit den ihm vorrübergehend zur Verfügung gestellten Mitteln, eine Nachbarin sollte ihm und dem neuen besten Freund jeden Tag drei warme Mahlzeiten in den Garten bringen, und für den Aufenthalt in Garten und Gartenlaube sei er sogar krankenversichert, bestmöglich ein. Immerhin war er seit seinem Kunststudium Kummer gewohnt, denn er war inzwischen weder zu jung noch zu alt, noch zu schön oder zu hässlich. Er war als Künstler nach Neu-Eich gekommen und wollte die Stadt auch als solcher wieder verlassen, nachdem er seine drei vertraglich vereinbarten Monate in der ihm zugeteilten Laube abgesessen hatte.

Die Laube war im Rahmen der gegebenen Möglichkeiten für ihn hergerichtet worden. Das leicht abgenutzte, aber bequeme Sofa konnte zu einem Bett ausgeklappt werden und etwas Platz für Bücher gab es auch. An der der Bettstatt gegenüberliegenden freien Wand war der Querschnitt einer 222 Jahre alten Eiche ausgestellt, so las man jedenfalls auf einem darunter angebrachten Messingschild. Keine Frage, die eindrucksvolle Baumscheibe war für ihn das Sehenswerteste von ganz Neu-Eich und mit jedem Tag, den er in der Stadt verbrachte, um Textschnipsel, kleinere Kritzeleien und weitere Etüden vor dem ausgewählten Publikum und der stets geladenen Presse zu präsentieren, verstärkte sich in ihm das Bedürfnis, des Abends zu dem einzig wirklich sehenswerten Ausstellungsstück von Neu-Eich zurückzukehren. Inzwischen war es »seine Baumscheibe«. Sie wurde ihm ein innig vertrautes Gefährtenbild, das ihm mitunter intensive Träume schenkte, wenn er sie vor dem Schlafengehen betrachtete.

Im pechschwarzen, heute sternenlosen Himmel, durchzuckten erste, gleißend weiße Blitze die dichte, wie Dämmstoff wirkende Dunkelheit, grollende Donnerschläge waren der regnerischen Sintflut vorausgegangen und der Künstler träumte, Thor mit ihm, man möge ihn hinfortschwemmen, dorthin, wo sein Sein und Wirken ein befreites und befreiendes war, wo es etwas bedeutete. Die kürzer werdenden Abstände zwischen Blitz und Donner erhöhten die Geschwindigkeit, in der er sich durch einen surreal anmutenden Eichenhain bewegte. Jetzt rannte er, und jemand rannte schneller als er, rannte ihm voraus, in eine Eichenbaumdichte hinein, bellte laut, klang zuweilen wie ein Mensch, dem er nachrief und in blinder, albtraumhafter Panik folgte. Dann war er plötzlich weg. Thor war nirgends mehr zu sehen und der Künstler stand von uralten Eichen umringt, in still wachsender Verzweiflung. Stehen bleiben war in diesem Traum nicht auszuhalten, man schrumpfte in sein blankes, entsetzlich geringes Dasein hinein, also ging er auf eine Lichtung zu, die sich ihm ebenso plötzlich aufgetan hatte, wie der Hund vor seinen Augen verschwunden war. Und auf dieser lag er, als ein lebloses Fellbündel, in sich zusammengesunken, auf die Seite gedreht.

Ein weiterer naher Donnerschlag ließ den Künstler in seinem Laubencouchbett hochschrecken, senkrecht und nassgeschwitzt saß er da. Das Sommergewitter tobte um ihn und er fühlte sich wie ein letzter Überlebender, wie der Robinson Crusoe auf Neu-Eich, ohne Freitag, aber mit einem besten Hundefreund. Vor ihm hing die Baumscheibe, während die zuckenden Blitzlichter dem riesenhaften Rund etwas Geisterhaftes einverleibten. Erst jetzt bemerkte er, dass er etwas auf dem Kopfe trug. *Hatte man ihn gänzlich zum Narren gehalten, oder er war nicht länger Herr seiner Sinne, träumte er noch?* Der Künstler griff danach, als wollte er sich die Haare raufen. Das konnte nicht sein ... das war ein Kranz, gewunden aus frischen, feuchten Eichenzweigen. Eilig, und als wäre das Trugbild nie vorhanden gewesen, als hätte es ihn nie berührt, packte er es unter das Kopfkissen. Der Eichenhain blitzte in sein waches Bewusstsein und mit ihm kam die Erinnerung an jemanden, dem er gefolgt war, jemanden, den er gefunden hatte, mehr tot als lebendig. *Thor.*

Der Hund lag, wie inzwischen jede Nacht, seit er in die Gartenlaube neben seiner Hundehütte eingezogen war, nahe an der Schlafcouch, als würde er ihn, den Künstler der Stadt, bewachen, ihn beschützen und verteidigen, wie es nur ein bester Freund kann. Er rührte sich nicht. Der Künstler schaltete das Nachtlicht ein. Die Funzel flackerte. Der Künstler verließ das Bett, näherte sich dem Freund und vergrub sein Gesicht in dem Hundenacken. Thors felliger Körper war warm, hob und senkte sich sachte. *Dem Himmel sei Dank.* Erleichtert atmete der Künstler, dessen Brust sich vor Schock wie verengt anfühlte, in einem gedehnten Stoß aus. Die Anspannung fiel von ihm ab. Thor lebte. Leises Winseln folgte der glücklichsten Erkenntnis des Stadtschreiberstipendiums. Der Hund regte sich, ein ekelhafter Gestank ging von seinem Maul aus. Er lag in seinem Erbrochenen und in dem Erbrochenen fanden sich, so stellte der Künstler fest, seltsame, ovale, hölzern-bräunlich schimmernde Klümpchen, Thor hatte Eicheln fressen wollen und der Künstler konnte sich nicht vorstellen, wie der Hund an diese gekommen war, ebenso wenig wie er sagen konnte, wie es der Eichenlaubkranz auf seinen Kopf geschafft hatte. Er beschloss, sich nicht mehr von dem ihm anvertrauten Freund zu trennen.

Die Stunde der Copycat kam mit dem Thunfisch um die Mittagszeit an einem Sonntag im letzten Drittel des dreimonatigen Stipendiums. Thor döste in seiner Hundehütte, bekam aber jede Bewegung des seltsamen Wesens, das amüsiert auf dem Gartenzaun tänzelte und nach dem Thunfisch gierte, mit. Er war alarmiert, der Künstler seinerseits amüsiert. Er wusste, zu wem die Copycat gehörte. Die Copycat währenddessen hatte der Stadträtin mehrfach Bericht erstattet: Nichts, aber auch rein gar nichts von dem, was der Künstler für die Stadt erzeugte und schuf, lohnte sich, kopiert zu werden, nicht ein einziges Mal hatte sich der Katzenschwanz vor Erregung lila gefärbt. Nur der Thunfisch, der heute als eine von drei warmen Mahlzeiten serviert werden sollte, hatte das Wesen gelockt. Als der Künstler sich anschickte, mit dem Zaungast zu reden, sprang Thor auf und gesellte sich neben ihn. Bellen war von der Stadträtin persönlich verboten worden, sobald die Copycat erschien, aber wenigstens ein leise drohendes Knurren sollte der Einschüchterung dienlich sein. Es verfehlte seine Wirkung, aber der Künstler wusste auch so um die Treue seines Hundefreunds und darauf kam es schließlich an.

Die Copycat konnte Erwin Schrödinger und das mit ihm verbundene Gedankenexperiment, welches ihre ungeklärte Daseinsform mit einschloss, nicht leiden. Also liebte sie es insbesondere, an Grenzen entlang zu balancieren, weder da noch dort zu sein. So empfand sie auch den Gartenzaun, der die Laube des Künstlers und die Hundehütte seines Freundes umgab, als eine höchstpersönliche Einladung, ihn und den Thunfisch, der ihr heute serviert werden würde. Die Spionageaufforderung der Stadträtin war demnach zweitrangig. »Kopf oder Zahl?«, fragte die Copycat den Künstler gedanklich und blickte ihn dabei durchdringend mit ihren bösen gelben Augen an. Der antwortete daraufhin: »Kopf und Kragen«, die Copycat nickte, wie ein Mensch es tut, und verstand. Sie war mit einem Auftrag gekommen, da konnte die nervöse Hundekreatur bellen, so viel sie wollte. »Wie weit ist die geforderte, das Stipendium abschließende, Werkprobe?«, setzte die Copycat ihre Befragung im Namen des Neu-Eicher Stadtrates fort. Doch der Künstler war vorbereitet: »Am letzten Tag meines Aufenthaltes werde ich das Kunstwerk allen, die zuschauen wollen, hier im Garten vorführen, sie werden Anteil nehmen am Größten, das Neu-Eich je gesehen hat. Jeder kann mit eigenen Augen sehen, wie es aus meinen Händen hier in diesem Garten entsteht.« Thor hechelte zufrieden. »Wir werden sehen«, schnurrte die Katze süffisant, sprang vom Zaun und machte sich auf in Richtung des Thunfischgeruchs. Ihr Schwanz hatte sich weder aufgerichtet noch lila gefärbt. *Wir werden sehen*, echote es im Künstler.

13:11 Uhr Ortszeit, Vorbereitung Vorführung/öffentliche Präsentation des »Stadtwerks« im vorübergehenden Stadtschreiber-/Künstlergarten, Neu-Eich (seit etwa einer Stunde versammeln sich Menschen).

Der Tag war gekommen. Es war der letzte Tag, den der Künstler in Neu-Eich verbringen würde. Der kleine Garten war umringt von unzählbar vielen Stadtgästen, die sich die Präsentation des finalen Kunstwerkes nicht entgehen lassen wollten. Auf dem Gartenzaun thronte gelangweilt die Copycat. Thor gab sich ihr überlegen und ignorierte das Wesen mit aller ihm zur Verfügung stehenden Hundekraft. Dahinter ragte die Stadträtin stellvertretend für den ganzen Stadtrat Neu-Eichs auf. Auch die Presse war früh gekommen. Handykameras bildeten zusätzliche Augen und verbanden etwas Voyeuristisches in den virtuellen Raum hinein.

»Ich heiße Euch willkommen, werte Neu-Eicher«, hüstelte eine leise Stimme. Der Künstler war aus der Gartenlaube getreten und verbeugte sich formvollendet wie in längst vergangenen Zeiten vor seinem Publikum. Die Neu-Eicher währenddessen warteten gespannt, was so ein städtisch geförderter Künstler wohl zu tun hätte oder ohne ihr Wissen bereits getan hatte. Zugegeben, sie konnten sich einfach nichts unter seiner Arbeit vorstellen, aber wenigstens war er ganz offensichtlich kostensparend untergebracht, falls das nicht Teil seiner Performance sein sollte, sich als einer von ihnen zu inszenieren, vielleicht sogar, um sich über sie lustig zu machen. Wer konnte das schon wissen? Die Kunst war schwer zu verstehen.

Auch der Hochsommergarten, der die Künstlerlaube umgab, wirkte wenig gepflegt. Viele Erdlöcher deuteten auf einen fleißigen Maulwurf hin. Doch die Neu-Eicher täuschten sich, die Erdlöcher waren erst zum gestrigen Abend und in freundschaftlicher Zusammenarbeit von Mensch und Tier entstanden.

Thor nahm erwartungsvoll neben seinem Künstler Platz, der das »Sitz« nicht einmal aussprechen musste. Beide verstanden sich inzwischen ohne Worte. Das entging auch der Copycat nicht, die eine ganz ähnliche Verbindung zur Stadträtin pflegte. Allerdings ließ sie sich gut bezahlen. »Einen Moment bitte«, rief der Künstler. Thor bellte kurz, als wolle er sagen: »Ruhe bewahren, Ihr Menschen!«, und postwendend war der Künstler zurück. Er hatte das Haupt mit Eichenblättern, die er unter seinem Kopfkissen hervorgeholt hatte, bekränzt und trug mit der plötzlichen Veränderung eine dem Anlass angemessene Würdemiene zur Schau. *Die Performance mochte endlich beginnen*, das dachte jedenfalls die Stadträtin, die wie ihre Katze kein geduldiges Wesen war. *Endlich.* Die Menge wurde still. Ein verheißungsvoller Zauber legte sich wie ein seidenes Tuch über sie. Der Künstler wartete, bis auch das letzte Gemurmel verebbte. Die Spannung stieg. Dann sprach er mit volltönerner Stimme: »Hört mich an, Ihr Neu-Eicher, die Ihr mich bis zum heutigen Tage inspiriert und ausgehalten habt, die Ihr mir die Freundschaft des allmächtigen Thors geschenkt habt, höret, was es für Euch geben wird …« Der Künstler sah sich einzelne Gesichter in der Menschenmenge an, die vor Spannung schier zu platzen schien, und wusste in voller Zufriedenheit, dass es gut ward. Und falls noch nicht heute, dann bestimmt irgendwann, auch ohne ihn. Die Copycat ihrerseits scharrte nervös mit den Katzenpfötchen und fauchte die Stadträtin derweil missmutig an. *Was wollte dieser elende Kreativling, dieser ausgemusterte Durchschnittstyp, der weder zu jung noch zu alt, zu schön oder zu hässlich war, schon geschaffen haben? Schließlich war da nichts gewesen, für das sich auch nur eine einzige Kopie gelohnt hätte, nichts, aber auch rein gar nichts.* Das hatte sie selbst mehrfach überprüft. Der Schwanz hatte sich nicht einmal lila gefärbt. Die Copycat drehte sich weiterhin fauchend zweimal um ihre eigene Achse. Vor Erregung bekam ihr Fell ungleichmäßig verteilte blaue Punkte in unterschiedlichen Schattierungen und Größen. Das war alles, was sie davon hatte, und das war noch nicht einmal Thunfisch …

»Das Kunstwerk, das sich mir hier in einer Sommergewitternacht offenbarte«, tönte der Künstler, »wird uns vermutlich alle überdauern. Wir haben weder Kosten noch Mühen für die Neu-Eichen«, er hustete ein »Entschuldigung«, räusperte sich, »ähm, Neu-Eicher gescheut«, und bei dem »Wir« sah er seinen treuen Thor mit einem Hundeblick liebevoll an. Thor produzierte daraufhin sein breitestes Hundehechellächeln voller sauber geputzter Zähne. Die Copycat fauchte ungehalten, die Stadträtin spannte die Kiefermuskulatur auf eine ungesunde Weise an. Der Künstler fuhr noch ein Weilchen fort, das angelegte Kunstwerk, denn es entstand weit über sein kleines Erdendasein als Künstler der Stadt hinaus, in allen Farben und Formen auf das Größte und Anbetungswürdigste zu beschreiben. Jeder bekam eine ganz eigene Vorstellung davon, was es bedeutete, ein solches Werk in nur drei Monaten anzulegen und auf den Weg zu bringen, und er wurde nicht müde zu wiederholen, dass jeder einzelne Neu-Eicher Anteil an dieser Schöpfung hatte.

Dann war der Vortrag jäh beendet und man erwachte als Zuhörer wie aus einer angenehmen Trance. Dieses plötzliche Erwachen geschah durch das Scheppern des Gartentores, welches der Künstler, gefolgt von Thor, hinter sich ins Schloss fallen ließ. Alle sahen wie gebannt, dass der Künstler ging, den Hundefreund mit sich nahm und die Performance offensichtlich beendet war. Man erinnerte sich dunkel, griff im Geiste nach den Sätzen, die soeben erst verklungen waren, und ahnte, das Kunstwerk hatte mit den im Garten systematisch verteilten Erdhäufchen zu tun, damit und mit geträumten Eicheln und Eichen. Und während man das so dachte, kam ein Kranz über den Zaun geflogen, Neu-Eicher-Arme streckten sich nach diesem aus, als wollte man einen Brautstrauß fangen, der Nächste zu sein, ein Werk dieses Ausmaßes zu schaffen. Er landete zu Füßen der Stadträtin, die nicht bemerkte, wie die Copycat sie vor wenigen Minuten verlassen hatte.

Pinkeln lernen

Burkhard Fuhs

Ich sehe einen kleinen, schlanken Jungen, vielleicht drei Jahre alt, ein altes Schwarz-Weiß-Foto. Er steht neben seiner Mutter, die seine neugeborene Schwester im Arm hält. Die junge Frau sitzt im Fotoatelier mit einem perlmuttweißen Seidenkostüm auf einem Stuhl, die Haare hochtoupiert und mit Haarspray in Form gebracht, und lächelt stolz in die Kamera. Der Junge fühlt sich in seinem beigen Strickanzug, dessen Jacke dunkel gekettelt und mit Hornknöpfen besetzt ist, sichtlich unwohl. Die kurze Hose sitzt im Schritt zu eng, der weiße Kragen schnürt den Hals ein, die weißen, dicken Strickstrümpfe, die bis zu den Knien reichen, schneiden in die Waden. Der Junge hat die Augen weit geöffnet und ballt vorsichtig eine Faust, er schaut ängstlich aus dem Bild, während seine Schwester, noch ein Baby, mit ihrem ganzen Gesicht vor Glück strahlt.

Wie unsicher der Junge wirkt, dachte er. Wie schüchtern. Er legte das Foto beiseite und griff zu einem Beobachtungsblatt, das die Überschrift *Pinkeln lernen* trug.

Erste Szene: Pinkeln lernen

Sommer. Beobachtung auf einem Campingplatz an der Elbe, circa 14 Uhr. Ich bin auf dem Weg zu den Duschräumen. Als ich mich dem Häuschen nähere, sehe ich, dass eine junge Frau im grünen Bikini in der Tür zu den Männertoiletten steht. Mit der rechten Hand drückt sie die Tür halb auf. Mit der linken hält sie sich am Türrahmen fest und beugt sich mit dem Oberkörper weit nach vorn. Mit lauter Stimme ruft sie in den Innenbereich des Männerwaschraumes hinein: »Geht näher dran! Pass auf! Nich' so wackeln! Grade halten, hörst du! Halt dein Ding grade! Schau nach vorn! Nein, nein, nein, nicht zur Seite drehen! Oje, jetzt läuft es auf die Hose, Mist! Lass dir das nächste Mal von deinem Vater erklären, wie man das Ding bedient.«

Beim Näherkommen räuspere ich mich. Die Frau schreckt auf und tritt zur Seite, sie gibt den Weg frei und hält mir die Tür auf. Nun kann ich ins Innere blicken. Ganz am hinteren Ende des Raumes schaue ich auf eine Reihe Urinale. Ich sehe einen kleinen Jungen, der auf einem Hocker vor dem kleinen, tiefer gehängten Kinderurinal steht. Seine kurze Hose ist bis zu den Knien hinuntergeschoben. Der Junge hält sein »Ding« in beiden Händen. Er schaut unglücklich und unsicher zu mir hin. Die Frau lacht, als ich an ihr vorbeigehe: »Als Mutter von drei kleinen Söhnen«, sagt sie, »steht frau immer mit einem Bein im Männerklo!«

Er legte das Blatt zur Seite. Als er die Beobachtung aufgeschrieben hatte, war sie ihm eher als eine witzige kleine Szene erschienen, eine Miniatur über die Schwierigkeiten der Erziehung. Jetzt, als er den Text wieder las, sah er den kleinen Jungen deutlicher vor Augen und erinnerte sich, wie ausgeliefert der Kleine seinen Blicken war.

Zweite Szene: Bestimmer sein

Ich bin mit unserem Hund auf Gassi-Tour, als eine Frau mit zwei Jungen, offensichtlich ihren Söhnen, der eine vielleicht vier, der andere sechs Jahre alt, an mir vorbeigehen. Eine Zeit lang bin ich dicht hinter der Mutter und ihren Kindern und kann die drei hören. »Mama«, sagt der Kleine, »ich glaube, ich muss.« – »Mmh«, sagt die Mutter, »du glaubst, du musst. Kannst du noch bis zu Hause aushalten?« – »Vielleicht«, zögert der Kleine. »Papa stellt sich immer hinter einen Busch«, sagt der Größere. »Ich weiß, was dein Papa macht«, antwortet die Mutter hörbar verärgert, »aber ich finde das nicht so toll.« Sie blickt sich um. Wir nähern uns einer Kreuzung. Die Mutter lenkt vom Thema ab und ruft: »Wer ist hier der Bestimmer?« – »Ich, ich!«, rufen die beiden Kinder wie im Chor. Die Mutter lacht und sagt: »Okay, dann los! Wettrennen bis zur Kreuzung. Wer zuerst da ist, darf bestimmen.« Die Kinder rennen los. Der Ältere ist schneller, rennt bis zur Kreuzung, hält an, dreht sich um und ruft: »Erster!« Der kleine Bruder trifft wenig später ein und fängt wild an zu schreien, zu toben und zu weinen. »Ich will Bestimmer sein, das ist gemein, ich will bestimmen!« Als die Mutter an die Kreuzung kommt, wendet sie sich an den Älteren. »Lass ihn mal, er ist doch der Kleinere.« – »Nein«, sagt der Ältere, »ich habe gewonnen!« – »Du bist aber der Vernünftigere und der Klügere, der Klügere gibt immer nach, das weißt du doch«, sagt die Mutter. Der Ältere zögert, möchte offensichtlich der Mutter gefallen. Die Mutter redet sanft auf ihn ein: »Ich spendier dir auch ein Eis, wenn wir zu Hause sind.« – »Ich will auch ein Eis!«, schreit der Kleine. »Na gut«, sagt die Mutter, »jeder bekommt ein Eis!« Der Größere wendet sich ab und schaut beleidigt vor sich. »Und?«, fragt die Mutter den Kleinen. »Wohin soll es gehen?« – »Nach links«, sagt der Kleine und die Gruppe biegt links in die Straße ein.

Solche Konkurrenzen, dachte er, kannte ich als Kind auch, mit meinen Cousins und natürlich unter den Kindern, mit denen ich auf der Straße spielte. Er nahm einen Schluck aus seiner Kaffeetasse und griff zum nächsten Blatt.

Ich sitze allein in einer leeren Essnische eines Dönerimbisses. Es ist fast 22 Uhr, die Mitarbeiter räumen bereits die Theke auf. Ich bin sieben Stunden Auto gefahren, fühle mich müde und gestresst und habe mich den ganzen Tag schlecht ernährt. So entscheide ich mich für einen vegetarischen Dürüm-Döner, eine Rolle aus einem dünnen Fladenbrot gefüllt mit Salat und Knoblauchsauce.

Fünf männliche Jugendliche betreten den Raum, sie kommen mir fast noch wie Kinder vor, aber das liegt wahrscheinlich an meinem Alter. Je älter man wird, desto jünger erscheinen die nachfolgenden Generationen. Die fünf sind vielleicht 13 oder 14 Jahre alt, sie bestellen an der Theke und setzen sich in die Sitznische neben mir, die aus drei u-förmig aufgestellten Bänken besteht. Die Jugendlichen bewegen sich mit großen Gesten, machen mit den Armen ausladende Bewegungen und reden außerordentlich laut, so als müssten sie sich über eine Straße mit regem Verkehr hinweg unterhalten. Die Gruppe nimmt den gesamten Raum in Beschlag und streckt breitbeinig in der Sitzecke.

Ich fühle mich bedrängt und unwohl, werde aus meiner müden Stimmung gerissen und möchte am liebsten den Raum verlassen. Die Gruppe indes nimmt mich gar nicht wahr und agiert, als sei ich unsichtbar. Das ist eine Beobachtung, die ich schon des Öfteren gemacht habe. Je älter ich werde, desto mehr scheint es mir, als sei ich für Jüngere unsichtbar. Die fünf Jungmänner haben allesamt Döner bestellt, die sie mit großen Bissen verschlingen, wobei aus beiden Seiten der Münder die weiße Soße auf den Tisch tropft. Aus dem Augenwinkel, halb angewidert, halb neidisch, beobachte ich diese Inszenierung widerständiger jugendkulinarischer Kultur. Während des Essens redet nur ein Junge, der an der Stirnseite des Tisches sitzt. Er ist offensichtlich der Anführer. Ein Mitglied der Gruppe steht unvermittelt während der Rede auf und geht zur Toilette. Als er wiederkommt, sagt der Anführer spöttisch: »Du hast wohl 'ne Mädchenblase, oder was, so oft, wie du rennst.« – »Nee«, antwortet der Angesprochene, »bin etwas erkältet.« Daraufhin wendet sich der Anführer der Gruppe zu und erläutert, wie die Welt zu sehen sei.

Während einer Redepause spricht schließlich einer aus der Gruppe den Anführer an.

Gruppenmitglied: »Du warst doch am Samstag mit der blonden Schönheit unterwegs. Wie war denn das Date?«

Anführer: »Kannst du vergessen, die Schnecke. Ich so zu ihr: ›Wie steht es denn mit dir?‹ Und wisst ihr, was: Die war keine Jungfrau mehr! Da hab ich ihr gleich klargemacht, dass das nichts wird mit uns und dass sie abhauen kann.«

Gruppenmitglied: »Aber die ist doch eigentlich ganz nett, finde ich, oder?«

Anführer: »Wenn du scharf auf sie bist, ich habe nichts dagegen, nimm sie dir! Weißt du, ich kann alle haben, die ich will. Für mich sind nur die Besten gerade gut genug. Ich schlafe nur mit Jungfrauen, da lege ich schon Wert drauf. Also wenn du mit Gebrauchtmaterial zufrieden bist, das ist deine Sache. Vielleicht lässt dich ja auch keine andere ran, wer weiß. Für mich kommt das nicht infrage.«

Was soll man dazu sagen? Er legte den Text beiseite. Ihm kamen vergessene Bilder aus seiner Jugend in den Sinn. Schon damals schien ihm, dass die Draufgänger deutlich mehr Chancen gehabt hätten als er. Aber dann musste er sich korrigieren, denn er erinnerte sich an ein Mädchen, das sehr an ihm interessiert gewesen war. Aber irgendwie hatte er es dann doch vermasselt.

Vierte Szene: Respekt muss sie schon haben

In der Straßenbahn. Zwei junge Männer mit athletischen Körpern, im Alter von 17, 18 Jahren. Ich gehe an beiden vorbei und setze mich mit dem Rücken zu ihnen auf einen freien Fensterplatz. Während der Fahrt habe ich ihre Stimmen im Nacken und im Ohr. Ich überlege, den Platz zu wechseln, aber ich kann mich nicht von ihrem Gespräch lösen. Zunächst reden die beiden jungen Männer von der Schule und es wird deutlich, dass sie kurz vor dem Abitur stehen. Dann sprechen sie über Fitness und Bodybuilding und tauschen sich fachmännisch über ihre Trainingspläne und -ziele aus. Wie sie wann wie viel zu- und abnehmen, wie sie bestimmte Muskelgruppen aufbauen und ihren Körper formen wollen. Dann kommt das Gespräch auf Frauen.

Erster Athlet: »Stell dir mal vor, ich habe eine Frau getroffen, mit der war ich jahrelang befreundet, jeden Tag zusammen damals und so. Ganz enge Freunde. Und dann haben wir uns völlig zerstritten. Und jetzt sehe ich sie wieder und sie so: ›Toll, dich zu sehen, ich freue mich so, dass wir uns mal wiedersehen!‹ Und ich so: ›Na ja, alles klar.‹ Und bin los. Die spinnt doch, säuselt so, als wäre nichts gewesen, kein Streit, nichts, die hat einfach kein Rückgrat, kein Profil, kannst du doch vergessen, solche Frauen.«

Zweiter Athlet: »Kenn ich. Die sind völlig abgedreht. Fast jede Woche verliebt sich so eine in mich, gnadenlos, die sind völlig verrückt. Kann man ja schon verstehen, so gut, wie ich aussehe, aber die haben doch keine Ahnung, was ein echter Mann ist. Und bei dir, hast du da nicht was am Laufen mit der Langhaarigen eine Klasse unter uns?«

Erster Athlet: »Das war ein Reinfall. Wir treffen uns und so, klären ab, was geht, und sie redet und redet und redet, bla, bla,

bla, nur so von unserem Sportlehrer, wie toll der aussieht und wie der so ist und so. Totaler Mist!«

Zweiter Athlet: »Das ist doch krank. Ist der nicht um die 50?«

Erster Athlet: »Genau, der ist so 50, 60, ein alter Mann eben. Die müssen doch ständig aufs Klo. Also gut, der ist noch nicht ganz auseinandergegangen wie die meisten. Da sieht man noch den Body, ein Stück jedenfalls. Der sieht noch ein bisschen aus wie ein Mann, irgendwie. Aber im Vergleich mit meinem Körper, der läuft doch völlig unter ferner liefen.«

Zweiter Athlet: »Das meine ich ja, 'ne Frau muss doch wissen, wenn sie einen richtigen Mann vor sich hat. Vor einem echten Mann sollte doch eine Frau immer Respekt haben, oder?«

Erster Athlet: »Klar, aber so eine, die weiß einen trainierten Männerkörper gar nicht zu schätzen. Da weiß die gar nichts von Männern.«

Zweiter Athlet: »Und zum Sex sind die auch nicht zu gebrauchen, hab ich schon paar Mal erlebt, die sind gar nicht sportlich genug für guten Sex, wenn es hart zur Sache geht, das ertragen die nicht.«

Er dachte über die Szene nach und überlegte, ob er sie mit der Bemerkung, die beiden müssen erst ihren Platz im Leben finden, abtun sollte, aber dann nahm er sich doch vor, wieder mal öfters in die Muckibude zu gehen.

Fünfte Szene: Männer und Fleisch

Stehe im öffentlichen Schwimmbad unter der Dusche in einer nach vorn offenen Kabine. Zwei junge Männer, unter 30, vielleicht 27, 28 Jahre alt, kommen in den Raum, reden intensiv, sind offensichtlich alte Freunde, die zusammen schwimmen gehen. Sie gehen an mir vorbei zum Bereich der offenen Duschen und verschwinden – für mich nicht mehr sichtbar – hinter der Abtrennungswand. Der eine, das sehe ich aus dem Augenwinkel beim Vorbeigehen, ist dünn, klein, fast schmächtig, rote Haare, hinten zu einem kleinen Zopf gebunden, stoppliger Bart, spricht zögerlich, unsicher. Der andere, deutlich größer, glatt rasiert, kurze, schwarze Haare, massiger Körperbau, spricht fordernd und selbstbewusst. Die beiden reden sehr laut, ich kann sie, obwohl ich dusche, durch die Duschabtrennung hören. Sie duschen nebeneinander und reden miteinander. Der Duscher mit der tiefen Stimme und den schwarzen Haaren prüft die Wassertemperatur des anderen: »So kalt duschst du?«, fragt er. »Klar, habe ich trainiert, reine Gewohnheit, das ist gesünder«, lautet die Antwort des zweiten. Und er fährt fort: »Hör mal, du pinkelst aber nicht mehr unter der Dusche!« Der erste muss lachen: »Ne, aus dem Alter bin ich raus!«

Es entsteht eine Pause, das Rauschen des Wassers hallt im gefliesten Duschraum wider. Unter der Trennwand läuft etwas Schaumwasser in meine Kabine.

Erster Duscher: »Und? Wie steht's mit dem Familienglück?«

Der zweite Duscher antwortet zögernd: »Geht so, Katy isst kein Fleisch mehr.«

»Das ist ja ein Ding. Kein Fleisch mehr! Ich sage dir, da musst du deine Frau erziehen!«

»Hm, wie soll das gehen?«

»Mensch«, sagt der erste Duscher, »da musst du mal Kante zeigen, konsequent sein. Bei deinem Hund klappt das ja auch.«

Unsicheres Lachen: »Das ist nicht so einfach. Sie verträgt es ja auch nicht.«

Erster Duscher: »Was sagt denn da dein Vater? Und dein Metzger-Onkel, der schenkt dir doch immer mal eine Packung von seinen Superwürsten?«

Der zweite antwortet unsicher, defensiv: »Ja, ich mag die ja auch. Ist ja ein Familienrezept, dritte Generation!«

Erster Duscher: »Hab gehört, die wollen jetzt auch in der Schule das Fleisch verbieten. Wohlgemerkt, nur das Schweinefleisch. Das gehört doch hier in die Gegend! Wenn wir unsere Würste nicht mehr essen dürfen, wissen wir doch gar nich' mehr, wer wir sind. So sieht's aus!«

Der zweite Duscher, vorsichtig: »So gesund ist das doch gar nich' …«

»Mein Gott, so geht die Welt zugrunde. Und der Kleine?«

»Der Kleine? Der ist fünf geworden.«

»Und?«

»Und was?«

»Fleisch, das meine ich.«

Der zweite Duscher, bedauernd: »Der hält natürlich zur Mama.«

»Das war ja klar!« Der erste Duscher ist empört. »Wenn's 'ne Tochter wäre, geschenkt! Aber dein Sohn? Wie willste das denn machen beim Fußball, wenn gegrillt wird, oder beim Schützenfest oder beim Familiengeburtstag, wie stehst du denn dann da?«

»Kannste halt nicht ändern. Und so ganz unrecht hat sie ja auch nicht. Schau dir das mal alles an. Kann ich schon auch einsehen. Ich habe mich auch so ziemlich verändert, weißt du!«

»Du müsstest dich mal hören, Mann! Also, das ginge bei mir nicht, dass die Frau so ein Theater macht, weißt du das? Ich sag immer: ›Augen auf beim Straßen-VERKEHR!‹ Seien wir mal ehrlich: Als Mann, da schaust du doch vor allem auf die Hülle, und schwupp haste einen Haufen Probleme am Hals. Also ich bin froh, dass ich noch nicht verheiratet bin!«

Zweiter Duscher, jetzt klar, gut vernehmlich: »Ich bin gern verheiratet, wir kommen auch sehr gut aus miteinander. Die Zeiten ändern sich eben, so ist das!«

Erster Duscher: »Klar, Zeitenwende, aber es ist eben so, heute musste als Mann schon bereit sein, deine Familie zu verteidigen, sonst machen sie dich platt!«

Zweiter Duscher: »Trägst du nicht ein bisschen dick auf? Denkste, dass das was hilft, wenn du Fleisch isst?«

»Weiß ich auch nicht. Kann sein, wenn's wirklich darauf ankommt. So Mann gegen Mann, kann schon sein, dasste dann das bisschen Biss mehr hast, weiß nich'.«

Zweiter Duscher (muss lachen): »Na komm, du Held, wir schwimmen um die Wette. Ich lass dich auch gewinnen.«

Er legte die Beobachtungen wieder in den Karton und schloss den Deckel. Sein Kaffee war kalt geworden. Er dachte über die letzte Szene nach. Wenigstens sind sie noch Freunde! Wie stand es also um die Männer? Er wusste es nicht. Natürlich begegnete er vielen wunderbaren Männern, unter seinen Freunden, im Bekanntenkreis oder im Gemüseladen. Und dann es gab ja auch noch Captain Picard. Längst sind die drei großen K – Knarre, Karre, Karriere – nicht mehr der zentrale Kompass für alle Männer auf der Welt. Und der Mann, der sich – mit welchen Mitteln auch immer – gegen alle anderen Männer durchgesetzt hat, erhält nicht mehr automatisch das ganze Königreich und die schönste Frau als Trophäe dazu. Und als er den Karton zurückstellte, spürte er mit einem Mal eine große Lust, aufzubrechen.

Ein Schnitt

Theresa Zenk

Am Anfang bemerkte sie die Wunde nicht. Sie tat nicht weh, aber sie blutete, klaffte, musste eventuell genäht werden. In den Fugen der Küchenfliesen glitzerten die Scherben, sahen irgendwie schön aus mit den Blutstropfen dazwischen. Dennoch war es ein Ärgernis, ein Grund zum Umwerfen aller ihrer Pläne. Und wenn schon nicht Pläne, dann aller ihrer Vorstellungen von einem endlich mal entspannten Tag – nun, da der Mann zurück auf Arbeit war und sie zumindest glaubte, einen Rhythmus gefunden zu haben mit dem Säugling.

Einen Moment stand sie still und starrte aus dem niedrigen Küchenfenster über die Häuserdächer. Sie ging ihre Optionen durch.

Hausarzt oder Krankenhaus? Allein bei dem Gedanken an das sterile Pastellgelb schauderte ihr. Sofort drängten sich ihr Bilder von Schutzmasken, Chirurgenkitteln und dem Klang zweier konkurrierender Herzschläge auf meinungslosen Bildschirmen auf. Ihr Atem beschleunigte sich ungewollt, sie merkte es erst, als ihr schwindelig wurde, weil ihr offener Mund gierig den Sauerstoff einsog. Nein, dachte sie, Krankenhaus war etwas für ernste Fälle. Sie war jetzt keiner dieser Fälle mehr. Und gewiss würde man irritiert reagieren, wenn sie wegen einer solchen Lappalie in der Notaufnahme auftauchte.

Hausarzt also.

Ginge schneller. Das Kind musste dann wieder gestillt werden, und das wollte sie nicht im Wartezimmer machen. Es würden wieder alle komisch gucken, dann umständlich wegsehen, als hätte man einen Erwachsenen beim Popeln erwischt.

Der Druck auf ihrem Brustkorb legte sich und sie sah an sich herab, fragte sich, wie etwas, das so sehr bluten konnte, einfach nicht wehtat. Hätte es sich vor ein paar Monaten noch anders angefühlt oder war etwas in ihr ein für alle Mal kaputt gegangen?

Es war vielleicht nicht ihre beste Idee, bei über dreißig Grad mit einer Beinverletzung und einem Säugling im Wagen durch den Stadtpark zu laufen. Wenn sie nicht an sich hinuntersah, wenn ihre Augen nicht am schon durchgebluteten Verband kleben blieben, dann hatte sie sogar für einen kurzen Moment das Gefühl, sie hatte ihr Leben im Griff. Das erste Mal seit sechs Wochen. Ihre Bauchmuskeln schmerzten noch ein bisschen, wenn sie so lange Strecken ablief, aber der Schmerz gehörte jetzt zu ihrem Körper. Verloren in ihren eigenen Gedanken, bemerkte sie weder Ententeich noch die blühenden Pflanzkübel, die man drumherum gesetzt hatte. Sie bemerkte den Schweiß zwischen ihren Schulterblättern nicht, nicht die Tropfen auf der Stirn oder die Art und Weise, wie ihre feuchten Fußsohlen gegen das Leder der Schuhe rieben. Sie war jetzt Mutter.

Das alte Steingebäude, in dem sich ein Arzt und eine Apotheke niedergelassen hatten, ragte am Horizont ihrer Wahrnehmung auf und kurze Zeit später kam sie am unteren Treppenabsatz zum Stehen. Sie zog die Bremse an, damit das Baby nicht in den Verkehr rollte, und runzelte die Stirn. Die Stufen waren ihr nie aufgefallen. Sie waren alle rundgetreten und luden zum Ausrutschen ein. Seufzend drehte sie sich zum Kinderwagen um – neuestes Modell in Schwarz und Gold, damit sie mit den anderen frisch gebackenen Müttern mithalten konnte, aber auch, damit sie etwas Schönes zum Ansehen hatte, wenn sie ihre Runden drehen würde. Von denen noch viele vor ihr lagen, bis sie ihr Jahr abgesessen hatte. Sie nahm die erste Stufe und versuchte den Wagen rückwärts hochzuziehen, als ein Mann Mitte Vierzig, der eigentlich in eine andere Richtung lief und noch meterweit von ihr entfernt war, alles stehen und liegen ließ und zu ihr eilte. Mit einem »Warten Sie« griff er eine der zwei Achsen und schob-hob den Wagen in ihre Richtung. Fast rutschte sie aus, so sehr drängte er sie nach hinten, ohne darauf zu achten, dass sie die Stufen auch erwischte. Das »Danke« kam automatisch über ihre Lippen. Sie wünschte sich, er hätte den Kinderwagen nicht angefasst, ohne sie zu fragen. Sie wünschte, es wäre um Hilfe gegangen und nicht um seine Hilfsbereitschaft. Umständlich versuchte sie sich auf dem oberen Treppenabsatz zu drehen, der Mann war längst verschwunden, die Tür hinter ihr hatte einen Knauf. Die Muskeln ihrer Schulter verkrampften, als sie nach dem Schalter hinter ihrem Rücken tastete. Die Tür schwang – diesmal hatte sie wirklich Glück – nach innen auf.

Der Vorraum vor dem Fahrstuhl war klein, aber es machte ihn ihr keiner streitig. Als die Stahl-und-Glas-Türen sich aufschoben, quäkte der Säugling. Sie erstarrte mitten in der Bewegung und hoffte, dass der Schlaf, der ihr ein bisschen Flexibilität einräumte, noch eine Stunde dauern würde. Dann sah sie in die Kabine des Fahrstuhles und stellte fest, dass sie zu klein war für den Wagen und sie selbst. Ihre Augen begannen in den Winkeln zu kribbeln, doch die automatische Tür hinter ihr öffnete sich wieder und sie blinzelte die überschüssige Feuchtigkeit eilig weg. Sofort hörte sie das Meckern eines älteren Herrn hinter sich, der versuchte, sich am Kinderwagen vorbei zum Fahrstuhl zu schieben. Dabei nahm er den Stock zur Hilfe.

»Muss das denn sein? Es ist nicht jeder so wendig.« Seine Stimme klang so brüchig, wie sie sich fühlte. Hastig entschuldigte sie sich und schob den Kinderwagen zurück vor den Fuß der Treppe, die sich neben dem Fahrstuhleingang in die erste Etage streckte. Ehe sich die Türen nach dem Alten schlossen, wollte jedoch eine ältere Dame, die die Arztpraxis in der dritten Etage verlassen hatte, nach unten. Gestützt wurde sie von einer jungen Pflegerin und einem Stock. Sie blieb stehen und sah sie an, dann in den Wagen und lächelte.

»Warten Sie, ich gehe aus dem Weg«, sagte die Mutter eilig und schob den Wagen zurück vor den Fahrstuhl.

»Machen Sie nur langsam, wir haben Zeit«, versicherte die Pflegerin und die alte Dame stimmte ihr mit einem milden Lächeln zu.

»Ist schon alles nicht so einfach.« Sie nickte in Richtung des Kinderwagens, die Mutter rang sich ein weiteres Lächeln ab und dachte an das Blut in ihren Beinen. Die Fahrstuhltür ging wieder auf, ehe die Frauen das Gebäude verlassen hatten. Entschuldigend lächelte die Mutter, ließ erst die beiden Frauen passieren, dann schob sie den Wagen zurück vor die Treppe. Zwei Männer in Engelbert Strauss Arbeitshosen stiegen aus.

»Brauchen Sie Hilfe?«, fragte der jüngere von beiden, während der ältere seine Lesebrille auf der Nasenspitze balancierte und sein Handy trotzdem noch eine Armlänge von sich gestreckt hielt.

»Schon okay«, sagte sie schnell, ehe wieder jemand ungefragt den Wagen anfassen konnte.

»Na, Sie machen das ja jeden Tag«, sagte der ältere mit einem Zwinkern, als er vom Bildschirm aufsah und sich umständlich zwischen Kinderwagen und Wand vorbeischob. Dabei rüttelte sein Latzhosenbauch das Neugeborene im Wagen. Doch die einzige Reaktion, wie sie erleichtert feststellte, war das Hochwerfen beider kleiner Fäuste.

»Mehrmals«, knirschte sie als Antwort, doch er war schon mit seinem Arbeitskollegen aus der Tür gegangen. Schnell drückte sie den Knopf und versuchte sich an den Plan zu erinnern, den sie sich ausgedacht hatte. Mit einem Seufzen entriegelte sie die Babywanne und stellte sie auf die unteren Treppenstufen zu ihrer rechten. Sie faltete den Kinderwagen zusammen und schob ihn zuerst in die kleine Fahrstuhlkabine. Dabei wurde sie fast in die Fahrstuhltür eingeklemmt, weil der Laser ungünstig zwischen den Beinen platziert war. Sie drehte sich um, hob die Babywanne hoch und winkelte sie zu sich selbst, während das Fahrgestell schmerzhaft in ihre Hüften biss. Die Türen der sarggroßen Kabine schlossen sich und mit einem wenig Vertrauen erweckenden Rucken setzte sich das Gefährt in Bewegung. Sie starrte an die stählerne Decke, versuchte sich nicht vorzustellen, dass die Wände näher kamen, dass der Sauerstoff knapp wurde, dass der Fahrstuhl mit all diesen Gefühlen zwischen zwei Etagen steckenblieb oder sich ein Stahlseil lösen könnte.

Wenn der Fahrstuhl abstürzt, ist es wenigstens vorbei. Der Gedanke war seltsam tröstlich und nicht für die Ohren eines Arztes bestimmt.

Doch nichts geschah. Die Türen öffneten sich, sie schob eine ältere Dame mit der vor sich her getragenen Babywanne aus dem Weg.

»Na hören Sie mal! Ein bisschen Rücksicht auf seine Mitmenschen muss man schon nehmen.«

»Entschuldigung.« Sie meinte es nicht so, sah die Frau nicht einmal an, sondern beeilte sich, den Fahrstuhl freizumachen. Kopfschüttelnd stieg die Rentnerin ein und drückte auf das große E.

Die Mutter sah zwischen zwei viel zu heftigen Atemzügen an sich herunter. Der weiße Verband an ihrer unteren Wade hatte einen inzwischen ansehnlich großen roten Fleck bekommen. Kurz ärgerte sie sich darüber, nicht in die Notaufnahme gegangen zu sein. Um diese Zeit am Vormittag wären ihr weniger Leute begegnet und wenn sie sich richtig erinnerte, dann war der Eingang wegen der Barrierefreiheit ebenerdig.

Ihre nackten Oberschenkel klebten bei diesen abartigen Temperaturen so direkt unter dem Dach auf dem sterilisierten Kunstleder des Schwingsessels. Vor ihr lag der Säugling in der Babywanne. Es war ein kleiner Segen, denn wirklich ruhig war es hier nicht. Neben ihr hörte ein Mann um die Fünfzig laut seine Sprachnachrichten ab, neben ihm unterhielten sich zwei Mittsiebziger, flankiert von den stoischen Minen ihrer Ehemänner, angeregt über »Gabi«. Es war gleichermaßen schwer, zuzuhören, und schwer, wegzuhören. Um diese Kakophonie noch zu übertrumpfen, krochen in den Sprechpausen wahllos helle Töne aus einem Discounter-Radio auf dem gegenüberliegenden Fenstersims. Ohne Musik wäre das Wartezimmer wohl zu leise gewesen, deshalb beschwerte sich keiner.

Vielleicht hörten Sie es nicht einmal, dachte die Mutter, während ihr eine drückende Hitze den Nacken heraufkroch und die Kehle zuschnürte. Wieso warf keiner dieses blecherne Billigding aus dem Fenster? Es war doch sogar schon offen.

Sie stellte sich die darauffolgende Stille befriedigend vor. Vielleicht ein bisschen unangenehm, weil es für die anderen eine Schockstille gewesen wäre.

Nein, angepasste Frauen taten das nicht. Vor allem keine frisch gebackenen Mütter – beseelt vom Wochenbett. Und doch schon gar nicht vor dem Kind, das – wie sie heimlich dachte – genauso klang wie dieses Radio.

Sie sah den Säugling an. War er wirklich schon sechs Wochen alt? Sechs Wochen, seit man so tief in sie eingeschnitten hatte, dass jeder weitere Schnitt ein Schnitt nach draußen war?

Manchmal, wenn sich der gierige Babyschlund an ihr festsaugte, fragte sie sich, ob das Kind wirklich ihr war. Sie hatte es nur so kurz gesehen, als man es über das OP-Tuch hielt, und sie war doch so erschöpft gewesen, dass sie nicht richtig hinsah, dass sie sich die Merkmale nicht richtig eingeprägt hatte. Hätte man ihr danach ein falsches Kind präsentiert, sie hätte es nicht bemerkt. Der Gedanke hatte sie im Aufwachraum lange beschäftigt, als sie hätte betäubt und glücklich sein sollen. Sie hatte beim ersten Treffen mit dem Rest ihres Lebens nur gedacht: Es sieht aus wie mein Vater, bevor man ihr mitteilte, dass man ihr auch noch den Appendix entfernen würde, da man einmal dabei war.

Sie hatte nicht bemerkt, dass ihre Arme ganz automatisch ein imaginäres zweites Kind umarmten und wiegten.

Der Schwingstuhl knarrte im rhythmischen Vor und Zurück. Sie wäre jetzt lieber im Bett gewesen. Mental hatte sie es nie verlassen, als ihr Name aufgerufen wurde und sie sich durch die Watte ihrer übermüdeten Gedanken an die Oberfläche kämpfte.

Ihre Hausärztin war eine liebe Person, die ihr Baby bewunderte, nachdem sie die Kinderwagen-Wanne in das zusammengedrängte Behandlungszimmer hievte. Sie erkundigte sich mit aufrichtigem Interesse nach der Geburt. Ihr langsames Nicken war einfühlsam. Dann fragte sie nach ihrer Wunde. Die Mutter entschuldigte sich vielmals solche Umstände zu machen, wickelte dabei aber den Verband ab. Die Ärztin blieb hinter ihrem Tisch sitzen und schielte über die Kante.

»Das muss im Krankenhaus genäht werden.«

Fünf Worte

Valeria Zimmermann

Ich weiß nicht mehr, was ich sagen soll, was ich noch sagen kann. Meine Gedanken ersticken allmählich. Mein Mund steht offen, bewegt sich nicht. Nach den Scherben zu greifen, scheint unmöglich zu sein, denn meine Arme gehorchen mir nicht mehr. Ich möchte weinen, aber jetzt ist nicht der richtige Zeitpunkt.

Mittlerweile haben wir unsere Schuhe ausgezogen. Die Musik ist laut und um uns herum sind es die Menschen auch. Wir drehen uns im Kreis, ziehen unsere Knie nach oben. Du hältst meine Hände fest umschlossen. Unsere Eltern haben beschlossen, doch zu heiraten, und wir bekommen Papas Namen. »Damit wir eine richtige Familie sind«, erklärte jemand. Ich war verwundert: »Sind wir jetzt eine falsche Familie?«, und sie lachten, ich meine, unbeholfen. Ich glaube, ich bin fünf und du sieben, vor ein paar Wochen hatte ich Geburtstag. Du hast mir einen Bilderrahmen geschenkt, darin ein Foto: Ich liege auf Mama und du hast dich an sie geschmiegt. Ihre Hand behütet deinen Rücken und deine kleine Hand meinen. Ich freue mich über dieses Geschenk mehr als über das Puppenhaus, das ich mir so sehr gewünscht habe.

Ich sei zu emotional, um so eine wichtige Entscheidung zu treffen, wirfst du mir vor, während du zwischen »Wie kannst du mir das antun?« und »Was sagt dein Mann dazu?« schwankst.

Ich wisse doch überhaupt nicht, was ich da tue. Du atmest tief ein und lautstark wieder aus. Wirst etwas ruhiger und fragst: »Bist du sicher?« Meine Antwort bringt dich wieder aus dem Konzept oder vielleicht wieder hinein. Ein Potpourri aus Verzweiflung, Vorwürfen und Verdruss erreicht mich. Du klingst bedrohlich: »Ich werde mit ihm sprechen, er wird das wohl auch nicht wollen.« Ich solle dich nicht so ansehen. Was ich denn erwartet habe, fragst du mich. Schiebst ein »Das werde ich auf gar keinen Fall zulassen« hinterher. Ich kämpfe mit den Tränen, während du gegen mich kämpfst. »Weder du noch er haben das zu entscheiden«, sage ich, und du erwiderst: »Es wäre aber besser so.«

Ich liege auf dem Boden, versuche mich nicht mehr herauszuwinden. Zu viel Gewicht lastet auf mir. Ich frage mich nicht, wie es so weit kommen konnte. Dein T-Shirt mit der Aufschrift »This is what a feminist looks like« hat sich in meine Erinnerungen eingebrannt. Ich höre dich am 8. März Parolen rufen, sehe dich in der ersten Reihe neben mir. »Patriarchale Strukturen schaden auch uns Männern« hast du unter eines deiner zahlreichen Postings geschrieben. Erst letztens hast du einen Beitrag geteilt: »Fast jeden Tag ein Femizid in Deutschland.« – »Erschreckende Statistik«, kommentierst du, das sei unfassbar. Du hast eine Mauer aus feministischen Leitsätzen um dich herum gebaut. Nur fünf Worte hat es gebraucht, um sie einzureißen.

Du verschnaufst und ich ergreife die Gelegenheit, erzähle dir, was geschehen ist. Du starrst mich an, dein Mund ist leicht geöffnet und deine Augen wirken größer als sonst. Ein »Oh« entfährt dir und für eine Weile folgt Stille, die ich durchbrechen muss. »Jetzt hast du nichts mehr zu sagen?« – »Das ist nicht fair«, erwiderst du heiser, und ich gebe dir recht. »Komm mir jetzt nicht so! Woher sollte ich das denn wissen?!« Deine Wut und deine Worte werden wieder lauter. Du fragst, ob ich mir denn überhaupt sicher sei, ich könnte es ja falsch verstanden oder keine deutlichen Signale gesendet haben. Ich habe »Nein« gesagt. Welches Signal könnte da noch deutlicher sein?

Seine Hände sind kalt, der Boden ist es auch. Das Leuchten in seinen Augen gleicht dem grellen Licht über seiner Schulter. »Was sagt dein Mann dazu?«, kreist wieder in meinem Kopf. Deine Wortwahl verrät dich. Du warst doch immer so stolz, dass ich meinen Standpunkt vertreten habe, nie geheiratet habe, und jetzt nennst du ihn »dein Mann«.

Ich habe wieder einen Kampf verloren und frage mich, welche Kämpfe du noch bestreiten wirst. Wirst du am 8. März in der ersten Reihe Parolen rufen und welche werden es sein? »Ich bin schwanger«, verkünde ich und sehe deine aufsteigende Freude und bevor sie ihren Höhepunkt erreicht, bevor du aufspringst und mich in den Arm nimmst, nehme ich sie dir. Ich hatte nicht erwartet, dass ich das kann. Innerhalb weniger Sekunden. »Ich werde es nicht bekommen«, sage ich und du springst auf und nimmst mich nicht in den Arm.

»Mama, ich will keine Kinder«, erwidere ich und sie unterbricht das Schneiden der Zwiebeln. Es ist der eine Sonntag im Monat, an dem wir gemeinsam unsere Eltern besuchen. Papa sitzt im Wohnzimmer und schaut ein Fußballspiel. Wir bekommen nicht viel davon mit, aber er kann uns aus der Küche hören. Du erzählst von deiner Arbeit, eine Kollegin ist gerade in Elternzeit. Mama macht wieder einmal eine Bemerkung in meine Richtung, dass es doch auch endlich Zeit wird. Ich atme tief ein, möchte eigentlich nicht darauf eingehen, mich erneut wiederholen. Die letzten Male hatte es funktioniert, aber heute nicht. Dann atme ich wieder aus, sage es und Papa schaltet sich ein: »Ach, du bist erst 23. Du weißt nicht, was du willst.« Du stehst auf, gehst zu Mama und legst deinen Arm um ihre

Schulter. Eine Hand streicht ihr über die Wange. Ich glaube, ich kann dich flüstern hören: »Sie muss nur den Richtigen finden, du wirst schon sehen.«

Warum ich es dir nicht schon früher erzählt habe, wenn es denn stimmt. Ich hätte das alles erst mit dir besprechen sollen. Meinen großen Bruder um Rat fragen. Eine Anzeige sei doch überhaupt nicht nötig, es sei doch schon passiert, da helfe mir auch ein Annäherungsverbot nicht. Wie recht du mit dem letzten Teil hast. Du machst dir Sorgen um unsere Eltern. Mama würde bestimmt weinen, und ich solle ihr und Papa lieber nichts erzählen. Sie würden sicher enttäuscht sein, sie mögen ihn doch so gerne.

Ich erzähle dir, dass ich zufällig einen deiner Schulfreunde getroffen habe, und du freust dich. Noch mehr, als ich ihn an einem der Sonntage mitbringe. Als wir uns verabschieden, flüsterst du mir »Gut gemacht« zu. Papa klopft ihm auf die Schulter: »Du bist jederzeit bei uns willkommen.« Mama nickt und lächelt. Du legst deinen Arm um ihre Schulter und streichst ihr über die Wange.

Sein Fuß blockiert die Tür. Erst kommen Entschuldigungen, dann Flehen, gefolgt von: »Du bleibst bei mir.« Die Nachbarin war so nett, ihn reinzulassen. »Klären Sie doch alles in Ruhe«, rief sie von unten. Wir knallen gegen das Bücherregal. Der Bilderrahmen, den du mir zu meinem fünften Geburtstag geschenkt hast, fällt herunter und ich versuche, nach einer Scherbe zu greifen.

Was wirst du mehr vermissen? Das Kind aus deinen Vorstellungen, das es niemals gegeben hätte, oder mich? Ich stelle mir vor, wie du deinen Arm um Mamas Schulter legst, ihr über die Wange streichst. Wie du ihr versicherst, dass ihr nichts hättet tun können. Wirst du dich fragen, was ich getan habe, welche Signale ich gesendet habe?

Ich bin wieder fünf und du sieben. Ich packe den Bilderrahmen aus, streiche über das Foto und stelle ihn auf die kleine Kommode neben meinem Bett. Ich sage »Danke« und du nimmst mich in den Arm. Jetzt weiß ich nicht mehr, was ich sagen soll, was ich noch sagen kann. Meine Gedanken ersticken allmählich. Mein Mund steht offen, bewegt sich nicht. Nach den Scherben zu greifen, scheint unmöglich zu sein, denn meine Arme gehorchen mir nicht mehr. Ich möchte weinen, aber jetzt ist nicht der richtige Zeitpunkt. Statistisch gesehen ist heute jede andere Frau in Deutschland sicher und vielleicht bin ich ja ein deutlicheres Signal.

Unter keiner Decke

Lena Kiesewetter

»Meine Mutter sagt, es fühlt sich wieder an wie damals.« Der letzte Satz des Reporters hallt in meinem Kopf, als ich aus der Redaktion hinaus auf die Straße trete.

Die verheizten Kohlen beißen in meiner Lunge wie der kalte Wind in mein Gesicht. Im Laufen ziehe ich den Reißverschluss meines Mantels ganz nach oben und stecke meine Fäuste tiefer in die Taschen. Auf dem Bürgersteig taucht vor mir im mattgoldenen Licht der Straßenlaterne eine der vielen Rosen von Sarajevo auf. Ihr Rot durchdringt vier Schichten Kleidung, jedes Mal. Ich schlage einen sorgfältigen Bogen um sie.

Meine Füße tragen mich weiter hin zur Miljacka und an ihrem Ufer entlang, während mein Gehirn noch immer diesen einen Satz hört und die Rose sieht. Ich sauge an der Kälte, verschlucke mich daran und muss husten. Eine Frau mit gebeugtem Rücken und Kopftuch legt ihre Hand auf meinen Arm und fragt, ob sie mir helfen könne. Ich danke, wünsche ihr einen schönen Abend und versuche, mich wieder auf den Weg zu konzentrieren.

Vor der alten Hauptpost stehen sie Schlange, um ihre Gasrechnungen im kaiserlichen und königlichen Glanz zu begleichen. Aus wartenden Fremden werden lachende Zufallsbekanntschaften, während das Gold der Laternen sich mit dem

Weiß der Autoscheinwerfer im Feierabendverkehr vermischt. Ein Rauschen legt sich auf den Schein, erst vereinzelt, dann heftig. Ich stemme mich dem Treiben der Flocken entgegen, die Schultern bis an die Ohren gezogen. An der Lateinerbrücke, an der sie sonst diskutieren, ob nun ein Terrorist oder ein Held hier mit seinen Schüssen eine Lawine über die ganze Welt hatte rollen lassen, hat eine Schneewehe die Gedenkschrift hinter einer makellosen weißen Fassade verschwinden lassen.

Wenig später wärme ich mir die Fingerspitzen an einer Tasse Tee. Von meinem Schreibtisch aus sehe ich im schummrigen Laternenschein die Einschusslöcher am Haus gegenüber. Pockennarben, die gerade erst die Volljährigkeit erreicht haben. Geduldig füllen Heerscharen von Flocken über Nacht auch sie.

Am nächsten Morgen ist es bis auf den Ruf des Muezzins vollkommen still. Sogar der Heizkörper hat sein melodisches Gurgeln aufgegeben. Ich komme gerade fluchend aus dem Badezimmer, als es an der Tür klingelt. Ein blonder Mann um die vierzig stellt sich als mein Nachbar von oben vor: »Ich wollte nur fragen, ob bei Ihnen auch kein Wasser mehr kommt?« Ich nicke: »Nicht mal genug für einen Kaffee.« Er lädt mich auf einen Mineralwasserkaffee zu sich ein. Während wir die Treppe hinaufsteigen, fällt mir ein, was die Vermieterin gesagt hatte. Dass über mir ein Schauspieler wohne, den die eine Hälfte des Landes für seine demütige Rolle in einem Kriegsfilm feiere, die andere für einen Verräter halte.

In seiner Küche setzt er eine kleine Kupferkanne mit Zuckerwasser auf die Gasflamme. »Haben Sie vom Treffen der drei Präsidenten in der Jahorina gehört?« Er deutet aus dem Fenster hinaus auf die Berge im Südosten. Der so direkte Einstieg in ein politisches Minenfeld lässt mich erröten. Ich lüge und verneine. »Wissen Sie, ich habe darauf gehofft, dass sie die

Kurve kriegen. Aber heute ist schon der letzte Tag und in den Nachrichten sagen sie, dass es trotz Champagner und Kaviar immer noch keine Einigung gibt.« Er schüttelt den Kopf, während er Kaffeepulver in die Kanne gibt. Mit den Händen in den Hosentaschen schaue ich aus seinem Küchenfenster auf die leere Hauptstraße. »Vielleicht sind sie eingeschneit und müssen es länger miteinander aushalten«, versuche ich es mit einem Scherz. Er seufzt und zuckt mit den Schultern.

Gegen Mittag verlasse ich das Haus, um für das Wochenende einzukaufen. Ich wate durch den Schnee, der unbeirrt weiterfällt. Nur das Knirschen meiner Schuhe dringt an meine Ohren. In der Mitte der Straße steckt eine Straßenbahn der Linie 3 nach Ilidža fest und ein Mann versucht verzweifelt, an sein Auto heranzukommen. Im Supermarkt irre ich vorbei an leeren Kartoffelkisten, Nudelfächern und Mehlregalen. Ich entscheide mich für einen Spaziergang statt Mittagessen und laufe in die Altstadt.

Die flachen Holzbauten der Baščaršija ächzen unter der Schneelast, doch die Menschen in den Gassen der Kupferschmiede, Süßwarenhändler und Kaligraphen lächeln sich verschwörerisch zu. Nur unsere Kleidung ist noch ein Zeichen der Zeit, in der wir uns bewegen. Die Glocken der Kathedrale läuten wie seit über hundert Jahren.

Der Schnee fällt und fällt, deckt alles zu. Ich lasse meinen Blick zu den Bergen schweifen. Sie ziehen einen wunderschönen und gleichzeitig unbarmherzigen Ring um diese Stadt. Ob die sonst in weiten Feldern wie Stachel in den Himmel stehenden Gräber auf ihnen auch unter dieser Decke verschwinden?

Die Frage führt meine Aufmerksamkeit in Richtung Südosten.

In der Jahorina steigt der Schnee von unten nach oben.

Drei Helikopter fliegen davon.

Mohnblume

Kristiina Oelsner

Mittagszeit ist Gebetszeit. Zeit, aufzuatmen und zu warten. Sie ist nicht allein; von ihr gibt es Hunderte, Tausende, alle genauso schön und rot wie sie selbst. Sie streckt sich in Richtung der Frühlingssonne und bewundert die graugelben Berge am Horizont. Dann kommen sie wieder. Männer mit langen dunklen Bärten und kleinen rostigen Messern, bewacht von anderen bärtigen Männern mit langen Gewehren. Sie schaut zu, wie die blütenlosen Köpfe der anderen, die brav in der Reihe warten, mit einem einzigen Schnitt durchbohrt werden. Markiert, um bitter zu verbluten. Die Männer sind gierig nach ihren Samen, nach dem jungfräulichen Saft, der sie das Leid eines vergessenen Landes vergessen lässt. Die vernarbten, ausgesaugten Körper bleiben als stumme Zeugen zurück. Je mehr Blut fließt, desto besser. Am Ende zählt die Menge. Das Geld ernährt und betäubt.

Die schweren Schritte kommen immer näher, die scharfen Klingen blitzen im Sonnenlicht, das langsam hinter den Bergen verschwindet. Dann ertönt wieder der monotone Ruf eines Gebets. Sie lächelt. Heute nicht. Noch ist sie zu schön, um zu verbluten.

Als der Mond die Sonne ersetzt, spürt sie plötzlich, wie eine von Staub und Sonne angeraute, zarte Hand ihren jungen Stiel durchbricht. Sie kann nicht mehr atmen und wird eng in dieser Hand zusammengepresst. Ist sie tot? Sie schreit im Stillen, wie sie es bei anderen schon tausendmal gesehen hat, und atmet erst dann auf, als sie das kalte Wasser unter sich spürt.

Verwirrt sucht sie nach den Bergen, nach den Männern. Sie findet keine. Warum sie und nicht die anderen? Nur weil ihre Blüten noch nicht abgefallen sind? Nur weil sie schön ist? Plötzlich ist sie gefangen in einer Kristallvase. Lediglich ein feuerroter Bilderrahmen mit einem verblassten Foto von einer jungen Frau lächelt ihr entgegen.

»Sie ist das Schönste und das Gefährlichste in unserem Land«, hört sie eine raue Frauenstimme sagen und spürt, wie die Vase in den Mondschein gerückt wird. War sie gemeint? Das hatten die bärtigen Männer oft über sie schon gesagt.

»Meine kleine Zahra war heute wieder dort, in der Schule«, beginnt die Stimme zu erzählen, als würde sie nach Rat suchen. »Ich weiß nicht, ob das gut ist. Die Schule ist verboten, gefährlich. Aalem will aber, dass seine Töchter dorthin gehen. Zahras Augen leuchteten, als sie mir davon erzählte. Ich bin mir aber unsicher …«

»Warum?«, möchte sie fragen.

»Damals …« Die Frau seufzt, blickt ängstlich um sich, als wären die Männer mit den scharfen Klingen auch hinter ihr her. Doch in der Einsamkeit fühlt sie sich sicher genug, um zu erzählen. »Damals, als ich noch ein Kind war, durften wir, Mädchen, auch nicht hin. Doch die Zeiten haben sich geändert …« Sie verstummt und blickt auf das Foto, als könnte die verblasste Frau mit den smaragdgrünen Augen sie tatsächlich hören.

»Die Schule bringt Unheil! Du hast damals lesen und schreiben gelernt! Dann hast du uns verlassen. Das Leben hier war nicht gut genug für dich. Du kamst nie wieder. Hast mich vergessen, als wärst du nicht meine kleine Schwester! Ich hätte dich beschützen sollen. Die Schule ist gefährlich!« Die Stimme der Frau bebt vor Wut. Sie schlägt mit der Faust so fest auf den Tisch, dass die Vase umkippt. Ohne einen weiteren Blick auf das rotgerahmte Bild zu werfen, dreht sie es an die Wand. Ihre Hände zittern. Dann steht sie auf und zieht ihren mondblauen Schleier über das faltige Gesicht.

»Ich werde mit Aalem reden«, sagt sie mit entschlossener Stimme, als würde sie sich auf einen Kampf vorbereiten. »Wir dürfen Zahra nicht in die Schule schicken. Sie haben die Bildung für Mädchen nicht ohne Grund verboten. Die Schulen sind gefährlich!«

Langsam tritt die Frau ans Fenster.

»Die blutigen Blumen … Lebst du noch?«, murmelt sie in die Ferne, auf das Mohnfeld blickend. Dann zieht sie die dunklen Vorhänge zu und lässt den Mondschein verschwinden. Die Dunkelheit übernimmt den Raum.

Wie gerne würde sie ihr sagen, dass die Schule nicht gefährlich ist. Hoffnungslosigkeit ist gefährlich. Sie ist gefährlich. Doch was würde es bringen? Ihre zartroten Blüten verlieren ihre Farbe. Ohne den Mondschein sind sie in der Dunkelheit unsichtbar. Ohne das Wasser in der Vase verschwindet auch ihr kurzes Leben. Sie war nur eine Mohnblume – das Schönste und zugleich das Gefährlichste in diesem vergessenen Land.

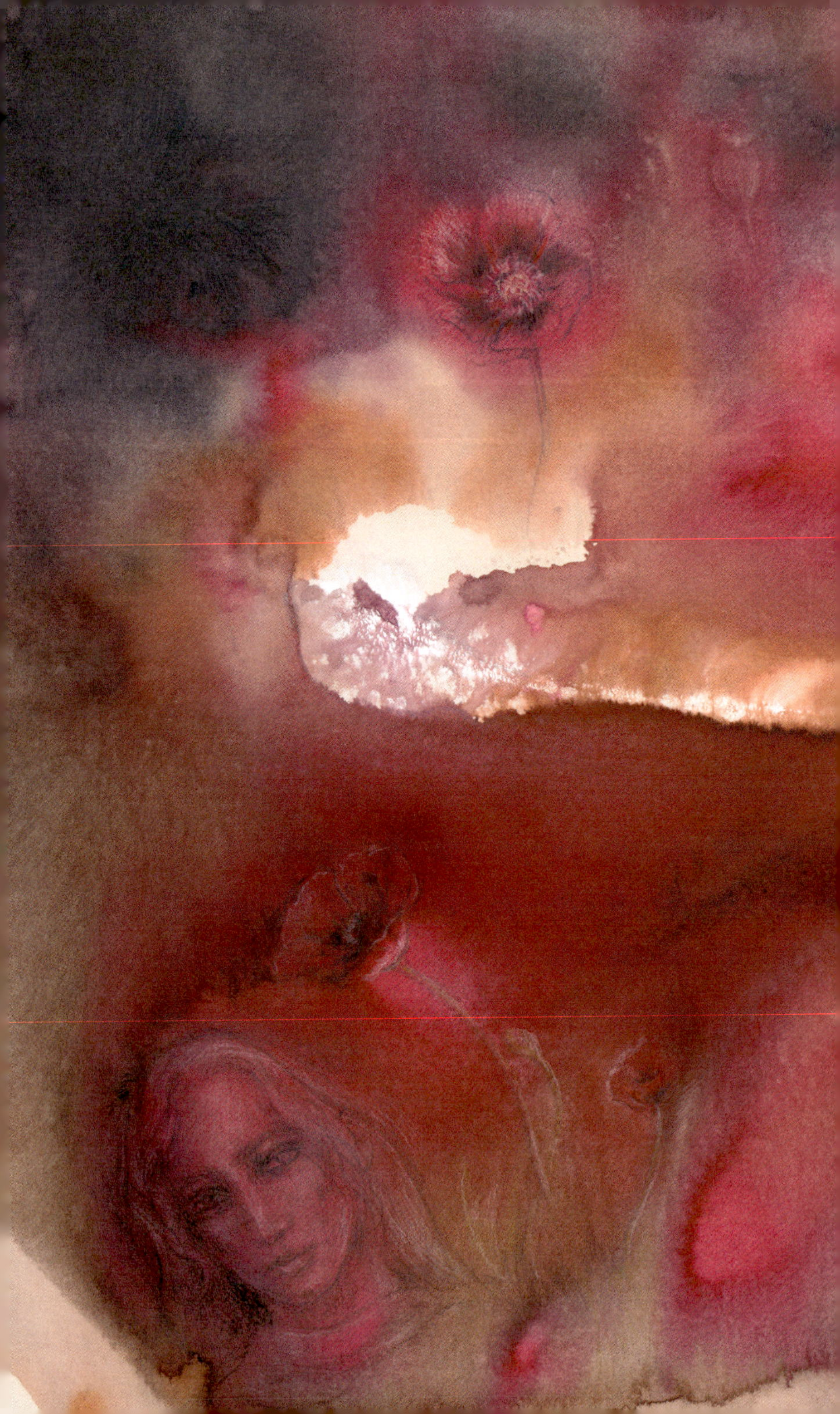

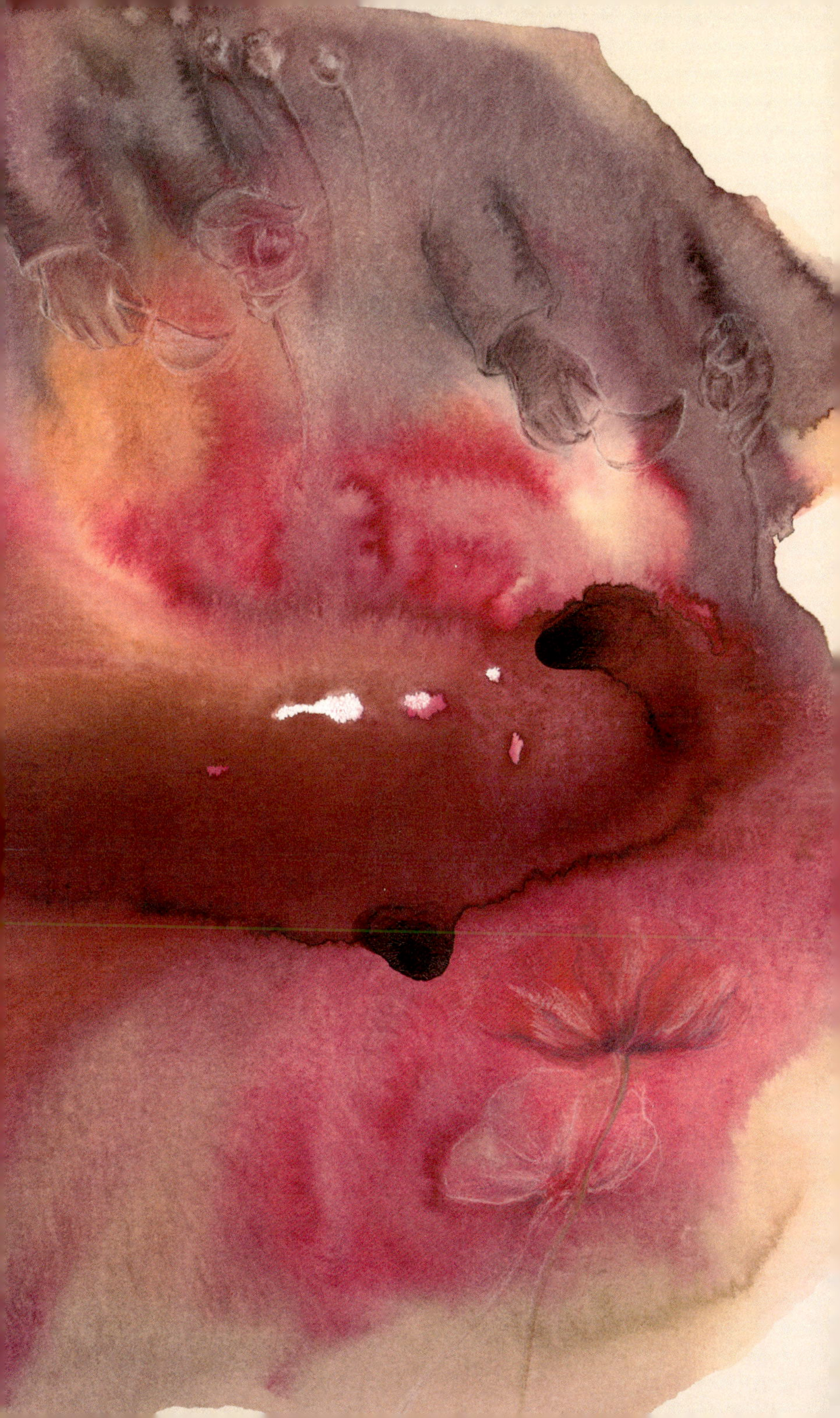

Alma

Birte Holschuh

Ich spielte Oboe. Meine Freunde spielten Fußball. Meine beste Freundin hieß Alma.

Diese Sommerferien verbrachten wir im Freibad. Es war ein unbeschwerter Sommer. Ich stand gegen Mittag auf. Da wartete Alma meist schon vor unserem Haus. Stets der gleiche Ablauf. Ich öffnete ihr die Tür. Wortlos setzte sie sich in die Küche. Wir teilten das Essen, welches meine Mutter am Abend zuvor zubereitet hatte. Im Anschluss fuhren wir mit dem Fahrrad zum Freibad. Einer fuhr. Der andere saß auf dem Gepäckträger. Alma las viel. Sie war ein schlankes, sportliches Mädchen. Mit jedem weiteren Tag bekam sie mehr Sommersprossen. Wir sprachen viel über Bücher. Redeten von den Protagonisten, als wären es unsere Freunde. Alma wollte nie vor Schließung des Freibades nach Hause fahren. *Wir hätten Ferien. Da könnten wir in den Tag hineinleben.* Spät kehrten wir zurück. Meist aßen wir gemeinsam zu Abend. Bei mir. Mit meiner Familie. Alma schien sich wohl zu fühlen zwischen meinen wilden Brüdern. Meine Eltern mochten sie. Sie bestand darauf, mit abzudecken und abzuspülen. Erst sehr spät begab sie sich auf den Heimweg. So verging ein Tag nach dem anderen.

An einem Freitag stand sie bereits 8:00 Uhr morgens vor unserer Tür. Sie trug etwas mit sich herum, ähnlich einem randvoll gefüllten Glas Wasser. Sie trat auffällig umsichtig in mein Zimmer. Wirkte beinahe überrascht, mich anzutreffen. So, als wären wir uns zufällig im Supermarkt begegnet. Ich lag im Bett. Sie schrie schweigend. Ich stand auf. Ging mit ihr in die Küche. Wir frühstückten mechanisch. Ich wusste, fragen war nicht erwünscht. Später fuhren wir zum Freibad. Die Sonne stürzte glühend vom Himmel. Alma zitterte. Erst kurz vor Schließung des Bades ging sie ins Wasser. Schwamm stoisch ihre Bahnen. Ich lag auf dem Rücken. Mit zusammengekniffenen Augen beobachtete ich Wolken. Sie zogen geschwind vorüber. Ein Elefant folgte einem Vogel; der wiederum einer Hexe auf dem Besen. Alma rannte auf mich zu, übersät mit Hunderten von Wassertropfen. Das Nass ihres rotgepunkteten Badeanzuges tropfte auf mich. Ihre großen Augen glänzten in der Abendsonne. Als sie sich umdrehte, sah ich Striemen auf ihrem Rücken. Sie bemerkte meinen Blick. Alma drehte sich um. Schaute mich mit diesem Ausdruck an, der flehte, nichts zu sagen. Ich schenkte ihr einen warmen Antwortblick, indem ich ihr langsam einmal zuzwinkerte.

Heimwärts fuhr ich. Sie saß auf dem Gepäckträger und umklammerte mich fest. Man hätte glauben können, wir seien ein Paar. Sie fragte, ob wir noch ins Kino gehen wollen. Ich kannte das Programm und lehnte ab. Schlug stattdessen vor, bei uns wie so oft mitzuessen. Sie zögerte. Stimmte dann zu. Am Feldrand wollte sie den Abendhimmel betrachten. Wir hielten. Ich setzte mich ins Gras. Dachte über astrophysikalische Zusammenhänge nach. War überzeugt, eine Sternschnuppe vor Sonnenuntergang gesehen zu haben. Alma rannte wie wahnsinnig im Maisfeld umher. Durch ihre ruckartigen, heftigen Bewegungen konnte ich erahnen, wo sie sich gerade befand. Ich legte mich ins Gras. Schloss die Augen. Die Intensität des Raschelns der Maispflanzen verriet mir, wenn Alma die Richtung wechselte. Sie rannte auf mich zu. Ich richtete mich auf, da sie in hemmungsloses Schluchzen ausbrach. Minutenlang krallte sie die Finger in ihr kurzes rotes Haar. Schlug die Hände vor ihr Gesicht. Trommelte mit den Fäusten auf dem Boden.

Wir aßen mit meiner Familie. Es herrschte eine ambivalente Stimmung. So, als sögen wir Almas Gefühlschaos unbemerkt auf. Sie verließ uns später als sonst. Ich ging sofort schlafen. Dieser Tag wühlte mich bis tief in die Nacht hinein auf.

Die nächsten Tage verliefen nach unserem Ferienmuster. Ab und an durchbrachen wir die Struktur. Gingen ins Kino. Entspannten lesend am Feldrand. Bummelten durch Geschäfte. Alma wirkte ungewohnt gelöst. Die ihr eigene Schreckhaftigkeit war nur noch selten merkbar.

Mit Ende der Sommerferien sahen wir uns meist nur in der Schule. Ich besuchte zwei Mal wöchentlich die Musikschule. Alma hatte auffallend wenig Zeit nach Schulschluss. Ihre Freude am Sport schien auch verflogen. Ab und zu besuchte sie uns zu Hause. Hatte dabei immer die Zeit im Blick. Agierte getrieben. Ihre großen klugen Augen verloren ihren Glanz. Trotz alledem schien sie beharrlich.

Mein ganzes fünfzehnjähriges Leben hatte ich immer den gleichen Traum gehabt. Einen wiederkehrenden Traum. Am 14. Oktober träumte ich in anderer Weise.

Alma kam am folgenden Tag nicht zur Schule. Die Tage danach auch nicht. Alma kam nie wieder zur Schule.

Ich trug meinen Firmanzug. Das Birkenlaub fiel auf meine Schultern. Die Blumenkränze begannen zu welken. Ganz allein für sie spielte ich. Spielte ihr Lieblingslied auf meiner Oboe.

Ein Sommer

Birte Holschuh

Ich lag nackt auf dem Fliesenboden und kühlte meine Stirn. Die Stadt brannte. Alles war seit Wochen in gelbes Licht getaucht. Die Luft war schwer. Wir waren es auch.

Erst am späten Abend verließen wir die Wohnung. Saßen in und vor Lokalen. Ich konnte mein Glück kaum fassen. In diesem Sommer blickte ich Nacht für Nacht in meerestiefblaue Augen. Sie starrte mich an. Saß und saugte sitzend alles auf. Wir schmiegten uns in ein anderes Leben hinein. Ein Sommer, dachten wir, könnte genügen. Ein Sommer müsste genügen und unsterblich machen. So erahnten wir die Stadt. Malten uns Wege aus.

Am nächsten Morgen ging sie langsam durch die Wohnung. Trank Kaffee. Goss die einzige, längst vertrocknete Pflanze. Überprüfte Geräte auf Funktionsfähigkeit. Stellte fest, dass alle Geräte einsatzbereit waren. Ich lag nackt auf dem Fliesenboden und kühlte meine Stirn. Am Abend ließ die Schwere nach. Wir liefen durch die Stadt. Saßen im Fluss. Ich schaute in blaue Augen.

Am Morgen entdeckte sie Brennspiritus in der Vorratskammer. Schüttete diesen ins Wischwasser. Verteilte die Flüssigkeit großzügig auf dem Boden. Ich kühlte mir die Stirn auf den Fliesen. Es roch nach durchfeiertem Atem.

Am Abend saßen wir auf der großen Treppe im Zentrum der Stadt. Wir waren barfuß, unsere Kleider kurz. Touristen mit Rucksäcken erklommen die Stufen. Sie ähnelten einem Bergsteigertrupp. In der Ferne lief eine Gruppe mit weißen Söder-Döner-T-Shirts. Ein Vater fuhr in einem Fiat 500 Cabrio im Schritttempo neben einer Gruppe Kinder. Die vielen Kinder hätten keinen Platz im Auto gefunden. Das Auto historisch. Die Kinder jung. Zurück in der Wohnung stöberte sie herum. Öffnete Schubladen. Fand Zigaretten. Sie versuchte, Rauchkringel aus dem Fenster zu senden. Ich lag nackt auf dem Boden und kühlte mir die Stirn.

Wir hatten keine Angst vor Entdeckung. Keine Angst, von rechtmäßigen Bewohnern überrascht zu werden. Den Sommer verbrachten viele Städter auf dem Land. Wir waren froh, dem Land zu entfliehen. Hier wunderte sich niemand über zwei Frauen Hand in Hand. Ich konnte ihr Glühen spüren. Am Abend unseres Kennenlernens hatte ich das erste Mal sexy getanzt. Mein Po und die Musik hatten zueinander gefunden. Hätte nicht gedacht, dass mein Tanz sie so schnell zu mir bringen würde. Ich befand mich auf der Gefühlsebene von Abschlussschülern. Die Welt steht uns offen. Wir sind unverwundbar. Hier interessierte sich niemand für Altersunterschiede oder sexuelle Präferenzen.

Es war ein Traum von Freiheit. Ein unbeschwerter Sommertraum, den wir zu leben glaubten. Die Stadt dahingegen arbeitete auf unsere Abreise zu. Laut feiernde Gruppen schienen sich stündlich zu vermehren. Ein Schlüssel drehte sich im Türschloss. Sie sammelte hektisch unsere Habseligkeiten zusammen. Zwei Frauen mit Tochter betraten die Wohnung. Ich lag auf dem Boden und kühlte mir die Stirn.

Streurosen

Friederike Franz

Meine Mutter wollte meinem Vater nicht beim Sterben zusehen. Und mein Vater wollte nicht, dass ich ihm beim Sterben zusehe, was ich erst später begriff. Auch ich wollte ihm nicht beim Sterben zusehen, beim Leben – ja, beim Genesen – ja, aber nicht beim Sterben.

Am Morgen hatte mich meine Mutter angerufen und mir mitgeteilt, dass Vati ins Krankenhaus eingeliefert worden sei. Er wäre in der Nacht fast erstickt. Furchtbar hätte es sich angehört, dieses Japsen nach Luft. Der Rettungsdienst habe ihn mitgenommen. Da Vati in seiner Patientenverfügung künstliche Beatmung abgelehnt habe, sei er von der Notaufnahme auf die Palliativstation verlegt worden. Wie lange sein Atem noch zum Leben reiche, wisse sie nicht.

Der nächste Zug nach Rostock fuhr in 30 Minuten. Schnell packte ich das Nötigste ein. Fünf Stunden später holte mich meine Mutter vom Bahnhof ab, von dort begaben wir uns direkt in die Klinik. Eine Ärztin führte uns in einen wohnzimmerähnlich eingerichteten Raum mit Teppichfußboden, Sofaecke und einem modernen Kaffeeautomaten. Sie eröffnete uns in einem ruhigen, für diese Fälle geschulten Tonfall, dass mein Vater heute in der Nacht sterben werde und dass wir hierbleiben dürften, Gästeliegen würden bereitgestellt. Meine Mutter wollte nach Hause. Ich weinte und wollte meinen Vater nicht allein zurücklassen. Bei Fremden, die nett waren, aber nicht seine Familie, auf einer Station, die trotz Sofaecke und Blumenbildern an den Wänden nicht darüber hinwegtäuschen konnte, dass es sich um eine Krankenhausstation handelte.

Ich fürchtete mich davor, ihn zu sehen, den Helden meiner Kindheit. Das Kissen, auf dem sein schmaler Kopf ruhte, wirkte riesig. Sein Gesicht ähnelte dem einer grob geschnitzten Holzfigur mit großer Nase und hervorstehendem Kinn. Ein Kunststoffschlauch führte an den Nasenlöchern vorbei über beide Ohren zu einem Behälter, der an der Leiste der Wand befestigt war. Die Augen starrten an die Decke oder durch sie hindurch. Schon woandershin.

»Hallo, ich bin es.« Ich legte eine Hand auf seine.

Er reagierte nicht. Mit keinem Blick, keinem Wort, keiner Bewegung der Finger. Der Atem ging schwer.

»Wir geben ihm Sauerstoff, damit er sich nicht so quält«, sagte die Ärztin. Sie fragte meine Mutter und mich, ob sie ihm ein Mittel zur Beruhigung spritzen dürfe.

Ich wusste nicht, ob er dazu in seiner Patientenverfügung etwas vermerkt hatte, aber ich nickte.

Mein Vater besaß eine Patientenverfügung und eine Vorsorgevollmacht. Er hatte eine Adressliste von Personen vorbereitet, die nach seinem Tod benachrichtigt werden sollten, und sein Auto verkauft. Nach seinem Ableben wollte er meiner Mutter so wenig Umstände wie möglich bereiten, ihr nicht noch mehr zumuten, als er ihr schon in ihrem gemeinsamen Eheleben zugemutet hatte.

Ich selbst hatte einmal probiert, einen dieser Vordrucke einer Patientenverfügung auszufüllen. Möchte ich über eine Magensonde künstlich ernährt werden? Ich wusste es nicht.

Eine Bekannte hatte mir erzählt, sie habe in ihrer Verfügung alle lebensverlängernden Maßnahmen abgelehnt.

»Warum?«, hatte ich sie gefragt.

»Weil es dann endlich vorbei ist.«

Hatte das mein Vater auch gedacht? Dass es dann endlich vorbei ist? Vorbei das langsame Ersticken, die Schuldgefühle, das So-tun,-als-Ob, das Sichverstecken, Sichabducken, das Verheimlichen. Vorbei die Versuche, es wiedergutzumachen, allen recht zu machen. Vorbei das Ummanteln, das Schweigen. Dabei hatten es doch die Spatzen von den Dächern gepfiffen.

Als ich 15 Jahre alt war, hatte mich ein Schulfreund gefragt: »Weißt du, dass dein Vater …?«

Ich ließ ihn nicht ausreden und sagte: »Ja, weiß ich.«

Ich hatte nicht gewollt, dass jemand Löcher in die Fassade pickte, so wie der Buntspecht in den Rauputz unseres Hauses.

Meine Mutter stimmte ebenfalls der Gabe eines Beruhigungsmittels zu. Danach verabschiedete sie sich und ging. Ich stellte mir vor, wie sie die Tür der Wohnung aufschließt, ihren Mantel neben den Parka meines Vaters an den Garderobenständer hängt, wie sie aus ihren Ballerinas schlüpft und die neben die Herren-Leder-Slipper platziert. Ab jetzt würde sie allein sein. Nicht, dass meine Eltern vieles zu zweit unternommen hätten, jeder von beiden lebte sein eigenes Leben, und trotzdem hatte ihre Ehe gehalten. War er bei meiner Mutter geblieben, weil er mich nicht im Stich lassen wollte? Wir drei hatten in keinem gemeinsamen Team gespielt, und ich hatte mich auf seine Seite geschlagen. Aber selbst, als ich längst eine eigene Familie hatte, trennten sich meine Eltern nicht.

Ich kippte das Fenster an und ließ die von der Herbstsonne erwärmte Luft in das Krankenzimmer. Mein Vater schnaufte, als wäre Atmen Schwerstarbeit, und ich wartete darauf, dass er die Arbeit einstellte, dass sie vorbei war und das Leben, das ihm durch einen Paragrafen, durch Angst und Scham schwergemacht worden war.

Es klopfte. Eine Pflegerin trat herein. Sie trug einen kurzärmligen Kasack und ihre Arme waren bis zu den Handgelenken mit farbigen Blüten und Blättern tätowiert.

»Hallo, ich bin Schwester Linda«, sagte sie zu mir, »ich habe Ihren Vater gewaschen, rasiert und mit Mandelöl eingerieben.«

Sie strich ihm über die Wange. »Er soll sich wohlfühlen auf dem Weg, auf dem er jetzt ist.«

Sie sagte nicht, er liegt im Sterben. Sie sagte, er ist auf dem Weg.

Mein Vater legte viel Wert auf sein Äußeres und wäre nie ungewaschen und unrasiert vor die Tür getreten. Ich war ihr sehr dankbar. Ich malte mir aus, wie meine Mutter Lindas kunstvoll verzierte Haut betrachtete, dabei ihre Augenbrauen hochzog und die Lippen spitzte, was bedeutete: »Ich weiß nicht, wie man das schön finden kann.«

Ich erfreute mich an dem Anblick dieser Oase in einer Umgebung aus weißen Betten, weißen Kitteln, weißen Gummi-Clogs und einem blauen Linoleumfußboden.

Schwester Lindas Hände ruhten auf denen meines Vaters. Seine Augenlider hatten sich geschlossen und das Schnaufen hatte sich in ein leiseres Schnarchen verwandelt.

»Möchten Sie das Abendbrot Ihres Vaters essen?«, fragte sie mich.

Ich wollte. Seit dem Frühstück hatte ich nichts mehr zu mir genommen. Sie brachte ein Tablett mit zwei Scheiben Mischbrot, Butter, Käse und Wurst. Dazu stellte sie eine Tasse Pfefferminztee. Ohne Zucker. Meinem Vater hätte das nicht geschmeckt. Er bevorzugte das Süße. Marmelade auf das Brot, in den Kaffee einen Würfelzucker und Kandis in den Tee, mittags am liebsten Hefeklöße, die es zuhause nie gab, und nachmittags ein Stückchen Kuchen vom Bäcker. Meine Mutter kochte gut, aber ausschließlich herzhaft. Als ich den Abfalleimer öffnete, um den Teebeutel hineinzuwerfen, entdeckte ich dort ein Paar Hausschuhe, die nicht meinem Vater gehörten. Der Teebeutel tränkte den graukarierten Stoff.

Später half ich Schwester Linda beim Aufklappen der Campingliege und fragte sie nach den Schuhen.

»Die Reinigungskräfte kommen nur einmal am Tag. Erst morgen Vormittag wird der Müll wieder geleert. Möchten Sie, dass ich das Bett beziehe?«

Ich schüttelte den Kopf. Ich war nicht krank. Ich war die Tochter eines Vaters, der sich auf den Weg begeben hatte. Ich wusste nicht, ob er auf diesem die Stationen seines Lebens passierte: in der Kindheit der Krieg, nach der Gründung der Deutschen Demokratischen Republik das Abitur, ungedient, das Studium, die Hochzeit mit meiner Mutter, das Institut in Rostock, meine Geburt, der Jazz, Freunde, die er heimlich liebte. Die Wende beschränkte seine Freiheit. Der Paragraf des deutschen Strafgesetzbuches, der in der DDR schon abgeschafft worden war, wurde im vereinigten Deutschland erst 1994 gestrichen.

In meinen Erinnerungen tauchten Szenen meiner Kindheit auf. Er hatte mich zum Ballettunterricht begleitet, dort zwischen den Müttern der anderen Kinder mir beim Demi Plié und Développé zugeschaut. Wir hatten Eierkuchen gebraten und diese dick mit Zucker bestreut. Mein Vater hatte mir geholfen, die Aufsätze für das Abzeichen für gutes Wissen in der Oberstufe zu schreiben. Dem Staat nach dem Munde reden, sich verstellen, Phrasen dreschen beherrschte er gut, so gut, dass die von der Diktatur des Proletariats Überzeugten Verdacht schöpften, er würde sie mit den eigenen Parolen aufziehen. Die Staatssicherheit ließ ihn bespitzeln und nach der Wende las er sich durch hunderte Seiten seiner Stasi-Akte.

Ich bezog Decke und Kissen, löschte die Lampe und legte mich hin. Von der Straßenlaterne und durch den Türspalt zum Flur sickerte Licht. Von der Liege aus sah ich auf den Boden unter dem Bett. Dort lag etwas. Ich griff zu meinem Handy und leuchtete darauf. Zwei dunkelrote Rosenblütenblätter schwammen wie Nachen auf dem blauen Linoleummeer. Ich beugte mich vor, pustete und sie trieben ein Stückchen weiter. Ich stellte mir einen bordeauxroten Rosenstrauß vor. Hatte ihn der Träger der karierten Hausschuhe bekommen? Ich nahm an, dass es sich um Männerhausschuhe handelte. Von seiner Frau? Von einer oder einem Geliebten? Hatte der Strauß neben seinem Bett gestanden und seinen süßlichen Duft verströmt? Oder hatte der Hausschuhträger oder hatten dessen Angehörige sich bei Schwester Linda mit Rosen bedankt? Dass sie Blumen liebte, war offensichtlich.

Die Tür öffnete sich und sie kam in Begleitung eines Pflegers herein. Sie beugte sich über das Gesicht meines Vaters.

»Hallo, Herr Bellmann, nicht erschrecken! Wir betten sie jetzt neu.«

Sie schlug die Bettdecke zurück, der Pfleger hob den Kopf meines Vaters an, Schwester Linda richtete das Kissen. Anschließend betupfte sie seine Lippen mit einem feuchten Waschlappen.

»Nun können Sie bequem weiterschlafen.« Schwester Linda tätschelte seine Hände.

Ich hatte mich nicht getraut, sie zu fragen, welche Strecke mein Vater auf dem Weg schon zurückgelegt hatte. Die Ärztin hatte gesagt, heute Nacht werde er sterben. Wann begann die Nacht? Und wie lange dauerte sie? So lange wie die Dunkelheit? Oder so lange wie die Nachtruhe, von 22:00 Uhr bis morgens um sechs? Mein Vater war ein Langschläfer. Doch weder der Arbeitsbeginn früher noch meine Mutter später, die gern zeitig aufstand, hatten ihn ausschlafen lassen. Mag sein, mein Vater holte jetzt all den versäumten Schlaf nach, bevor er den Weg fortsetzte.

Gleichmäßig rollte sein Atem wie Wellen, die das Meer ans Ufer ausatmet und wieder einatmet. An heißen Sommertagen waren wir, sobald er aus dem Institut nach Hause gekommen war, zur Ostsee gefahren. Ich sah ihn vor mir. Drahtig und gebräunt balancierte er den Steinen ausweichend ins Wasser, bis es seinen Bauchnabel berührte. An dieser Stelle tauchte er unter, wieder auf, prustete und kraulte los. Immer weiter hinaus. Ich strengte mich an, seinen Kopf zwischen den auf dem Meer treibenden Möwen nicht aus den Augen zu verlieren. Er schmolz zu einem Punkt und verschwand in der wogenden Oberfläche. Ich rief nach ihm: »Vati!« Doch der Wind verwehte die Silben.

Ich schreckte hoch. Einige Sekunden verstrichen, bevor ich begriff, wo ich war. An der Wand gurgelte der Sauerstoffbehälter, vom Bett her erklang rhythmisches Schnarchen. Ich setzte mich auf und legte meinen Kopf neben den seinen auf das große Kissen. So verharrte ich, bis Stimmen auf dem Flur noch vor der Morgendämmerung den neuen Tag ankündigten.

Mein Vater hatte die Nacht überlebt. War er auf dem Weg umgekehrt? Wenn ich die Vorhänge zurückzog und die Sonnenstrahlen auf ihn fielen, würde er sich strecken, die Augen öffnen und mich fragen, ob ich schon lange bei ihm war. Ja, würde ich antworten.

Er starb, als ich im Hotel unter der Dusche stand. Meine Mutter hatte mich am Krankenbett abgelöst.

»Gleich bin ich wieder da«, hatte ich ihm versprochen.

Ich wusste sofort, was passiert war, als das Handy auf dem unbenutzten Hotelbett klingelte. Und doch traf mich die Nachricht wie ein Schock. Etwas, was angekündigt worden war, hatte ich mir nicht vorstellen können. Eben noch hatte ich dem Atem meines Vaters gelauscht, eben noch sein Haar gestreichelt. Gerade erst hatten wir seinen 80. Geburtstag gefeiert, gerade erst hatte er sich über seinen neuen Renault gefreut und wie gestern erschien es mir, dass ich Steine gesammelt habe, mit denen er die Holzpflöcke des gestreiften Windschutzes tief in den Ostseesand gerammt hatte.

Wie von einem Scheinwerfer fiel das Licht der Mittagssonne draußen auf das Leben, auf herumtollende Kinder, auf Möwen, die neben einem Imbissstand den Müll zerpflückten, auf Pärchen, die Händchen haltend vor mir entlangschlenderten.

Meine Mutter wartete in dem wohnzimmerähnlichen Raum vor dem Kaffeeautomaten. Die Ärztin schüttelte unsere Hände. Wir betraten das Zimmer. Die Gästeliege war weggeräumt, der Kopfteil des Pflegebettes schräg aufgerichtet, an dem mein Vater lehnte. Kein Schnaufen, kein Schnarchen mehr. Die Stille der Atemlosigkeit. Er trug ein schwarzes T-Shirt. Und bis zum Nabel reichte die Bettdecke, die mit dunkelroten Rosenblättern übersät war. Die Streuner heute Nacht hatten sich nicht von einem Strauß gelöst, sondern stammten aus einem Streublumenset. Wurden Rosen, die keinen Käufer gefunden hatten, gezupft? Oder existierte eine Sorte, die Streurose, die beim Erblühen ihre Blütenblätter abwarf, die in Netzen zwischen den Stielen aufgefangen wurden? Ich schaute auf das Meer von Rosenblättern. Meinem Vater wäre der Anblick unangenehm gewesen, zu viel Brimborium, zu viel Tamtam, zu viel Aufmerksamkeit. Die hatte er verdient. Ich wünschte mir, dass Hildegard Knef ihn empfing und nur für ihn sang: »Für dich soll's rote Rosen regnen, dir sollten sämtliche Wunder begegnen.«

Es klopfte. Schwester Linda trat ein. Sie bekundete uns ihr Beileid. Meine Mutter musterte ihre Tattoos. Sobald sie den Raum verlassen hatte, sagte meine Mutter zu mir: »Weißt du, was ich mir überlegt habe? Ich spende Geld für die Station. Die sind alle so nett hier.«

Die Zeit war reif, dachte ich, mit meiner Mutter ein Team zu bilden.

Schwester Linda steckte den Kopf zur Tür herein.

»Wir möchten das Zimmer gern freiräumen. Der nächste Patient wartet.«

Ich nickte. Das Leben ging weiter. Das Sterben ging weiter. Die Streurosen erblühten weiter. Meine Mutter packte den Bademantel, die Hausschuhe, die Zahnbürste meines Vaters in die Reisetasche. Nichts würde später mehr auf seine Anwesenheit in diesem Zimmer hindeuten. Ich beugte mich über das Bett und blies sanft auf das Blütenmeer.

Wenn dann endlich alles vorbei ist

Priska Keilhau

»Da ein toter Mensch nur dann etwas wiegt, wenn man ihn tot gesehen hat, sind hundert Millionen über die Geschichte verstreute Leichen nichts als Rauch in der Einbildung.«

Ich habe Ben immer als meine große Liebe gesehen.

Irgendwie sogar jetzt noch, wenn er regungslos neben mir liegt, als Schatten seiner selbst, ohne ein Wort zu mir oder irgendwem anders, kein Telefonieren, keine Kommentare mehr, kein Blickkontakt, die Augen starr an die Zimmerdecke geheftet. Seine Stimme habe ich länger schon nicht mehr gehört. Von der Seite sehe ich ihn mit all der mir möglichen Penetranz an, er reagiert nicht auf mich. Ben schließt mich gnadenlos und mit aller Konsequenz aus.

Bitte bleib bei mir, egal, was du auch gerade Unsichtbares anstarren magst, denke ich und möchte ihm in diesem Gedankenmoment am liebsten fest ins Gesicht schlagen, damit er zu mir zurückkommt. Wenn er hingegen die Augen schließt, ist es, als ob ein schwerer Vorhang fällt, der sagt *die Show ist endlich vorbei*. Er blinzelt kaum.

Es gab Tage, die sich gezogen haben, an denen ich die Sekunden zwischen seinen Wimpern als Schläge gezählt habe. Um uns herum hat sich die Welt als eine unüberwindbare Gewalt bis in unsere Wohnung hinein ausgedehnt, bis in unser gemeinsames Schlafzimmer hinein. Jeder hat sie auf seine Weise draußen gehalten, ohnmächtig waren wir, bis es eben nicht mehr ging. Jeder für sich. Zusammen haben wir es nicht geschafft.

Wie leise er atmet, als würde er sich jetzt endgültig aus seiner Umgebung zurückziehen wollen, einfach verblassen. Nicht verwunderlich, nach allem, was uns passiert ist. *Lockdown.*

Wir haben so lange wie möglich so getan, als hätte das nichts mit uns zu tun, als könnte uns das gar nicht berühren, als gäbe es die Außenwelt und uns körperlich fühlbar getrennt voneinander, abgeschirmt, fruchtwassergeflutet, wie zweieiige Zwillinge in einem misshandelten Mutterleib, der in Wahrheit nicht mehr ist als ein Bett, das durch eine verwahrloste Wohnung treibt, ein zerfühltes glückloses Nest, in das wir alle Zeit tragen und das schon seit Wochen frische Bettwäsche gebrauchen könnte. Aber Wäschewaschen ist zur sinnlosesten aller Tätigkeiten verkommen. Hausarbeit allgemein. Doch das eigentliche Verkommnis sind wir; Ben und dann ich, erst Ben, dann ich, Ben zuerst äußerlich, ich zuerst innerlich. Fassade war mir offenbar wichtiger als ihm. *Zuhausebleiben.*

Ich fahre mit den Fingern sachte über seine Bartstoppeln, berühre ihn an der Schulter, lehne meinen Kopf an, schüttle ihn leicht. »Ich hab dich was gefragt, Ben.« Ben rührt sich nicht, aber seine Augen hält er weiterhin offen, er starrt, ohne dass sein Blick die Zimmerdecke, die uns von den anderen Mietparteien trennt, für mich verlässt. Nicht einmal für eine Sekunde lässt er ihn auf mir ruhen. Auch ich verblasse hier neben ihm.

Ben ist wissenschaftlicher Mitarbeiter an der Universität. Als Studentin habe ich seine Seminare besucht und nur bei ihm regelmäßig die Prüfungen verhauen. Erst beim zweiten Anlauf kam ich durch, obwohl ich grundsätzlich eher eine fleißige

Studentin war. Das lag daran, dass ich mich von Anfang an rettungslos in Ben verknallt hatte. Kaum ein Wort habe ich in seiner Gegenwart herausgebracht. Mündliche Prüfungen waren demnach mein Fleisch gewordener Alptraum, während meine studentischen Phantasien und Tagträume oft auf den bereits promovierten Prüfer, also auf Ben, ausgerichtet waren. Ich war bei Weitem nicht die Einzige, die für ihn schwärmte. Aber als ich dann schließlich Worte in seiner Gegenwart herausbringen konnte, waren das nicht die Antworten auf irgendwelche Prüfungsfragen zu den Vorsokratikern, sondern zusammengefasst alles, was ich je über ihn gedacht habe, als ich in seinen Seminaren saß, wie ich seine Anzüge fand, dass ich mich fragte, ob er seine Hemden selbst bügelte, dass ich mochte, wie er sich bewegte, aß und sprach, dass ich oft davon träumte, welchen verklärten Ausdruck sein Gesicht annahm, wenn er etwas las, mit dem er eine tiefe Verbindung eingehen konnte, dass ich diesen Gesichtsausdruck haben wollte, wenn er an mich dachte, für den Rest meines unbedeutenden Lebens.

An dieser letzten Stelle meiner Ansprache lächelte er geschlagen und ließ mich ungerechtfertigterweise auch noch die Prüfung bestehen, es war meine letzte Prüfung bei ihm und schon wieder mein zweiter Versuch.

Nach einer langen Sendepause, die zweifellos mit dem urplötzlich aus mir herausgebrochenen Redeschwall in einer Prüfungssituation und seinem Berufsethos zu tun hatte, gingen wir schließlich doch miteinander aus. Und wenige Monate später wusste ich mit Sicherheit, dass er seine Hemden selbst bügelte, auch wie sein Nacken roch, dass er meistens nackt schlief, richtig gut kochen konnte und dass er Vegetarier war, weil er als Kind ein Kaninchen hatte, mit dem er lange Dialoge führte und das Sokrates hieß. Ich verkniff mir schlechte Insiderwitze über die Schweigsamkeit von Kaninchen und den Schierlingsbecher und liebte in völliger Rücksichtslosigkeit alles an Ben, alles, was er mir gab, alles, was ich kriegen konnte, mit Leib und Seele.

Bleiben Sie gesund! Als es richtig losging, die Panik selbst die vernünftigsten Menschen ergriff, und die Testerei überhandnahm, habe ich aus einem seltsam gearteten Impuls heraus angefangen, Camus' ›Pest‹ zu lesen. Ben hingegen übte sich im strikten Aufrechterhalten der Normalität. Diese bestand unter anderem in physischer Abwesenheit und für ihn damit im Geben von Onlineseminaren im Fachbereich Philosophie, die er genauso sehr hasste wie seine Studenten, aber immerhin, er rasierte sich, putzte Zähne, aß ab und an, bügelte seine Hemden noch, er verzichtete weiterhin auf Fleisch, ganz im Gegensatz zu mir, die ich bügelfrei trug, seit ich denken konnte. Ich vergrub meine Nase in Büchern, meistens in der Pest und ließ mich zunächst nicht einsperren. Wie hätte ich ahnen sollen, dass Ben meine Gefängniszelle werden würde?

Nichts wie raus hier war dann einer meiner häufigsten Gedanken auf die aufkeimende Enge um und in uns und die kurz darauffolgende Atemnot, das Zudrücken, die Schwere, die sich mir auf die Brust legte. *Spazierengehen. Draußen lesen gegen Asthma.*

Der Stadtpark war wie leergefegt, eine einzige surreale, menschenleere Ödnis. Ich kann mich nicht daran erinnern, hier jemals allein gewesen zu sein. Der Spielplatz ist mit rotweißem Absperrband verunstaltet, sogar die beiden Schaukeln sind abgeklebt, auch alle Parkbänke, obwohl niemand hier ist, niemand außer mir und der Pest in meinen beiden Händen.

Prüfungssituationen. Der Supermarkt um die Ecke hat seit neuestem einen Security, der Menschen nur einzeln, nur in bestimmter Anzahl, in und mit Abständen frisch getestet auf das hohe C. hineinlässt. Das System versteht niemand. Der Security nutzt den ihm verliehenen Ermessensspielraum ohne für uns ersichtliche Regeln. Wir versuchen es ganze drei Mal, aber Ben und ich werden nie zusammen zum Einkaufen eingelassen. Der breitschultrige, stets schwarz gekleidete Securitytyp erinnert mich an finsterste Diskozeiten und spricht kaum Deutsch. Mein Gesicht gefällt ihm nicht. Er will mich auch gar nicht verstehen. Währenddessen ragt die Pest trotzigrot aus meiner Manteltasche. Wenn ich versuche, ihm mit Händen und Füßen zu sagen, dass Ben und ich quasi ein Haushalt sind, zeigt der offenbar traditionell eingestellte Dorfdiskoklotz auf meinen Ringfinger, an dem kein Ehering prangt. Das ist Ben zu blöd, von nun an bleibt er ganz zu Hause und ich kaufe ihm immer das Falsche.

Während ich in der Kälte anstehe, sehe ich ihn vor mir sitzen, vor dem Computer in seinem besten, frisch gebügelten Hemd, ansonsten mittlerweile in Boxershorts, und seine haarigen Männerbeine stecken in Strümpfen. Vermutlich lächelt er gequält, den Oberkörper betreffend Haltung bewahrend, als könne er irgendwem Mut machen, vor seinem doppelten IKEA-Bücheregal, nur um das Bild aufrechtzuerhalten. Die Verbindung bricht in regelmäßigen Abständen ab. Niemand ist vorbereitet. Ben spricht zu gesichtslosen Bildschirmen vor flackernden Hintergründen, hinter denen ungehemmt das Chaos kleiner Cubes hervorbrechen will. *Auch das sind digitale Gefängniszellen.* Alles wird ihm zu privat. Haustiere und Kleinkinder werden laut wie ungewollte Superspreaderpartys in den Medien. Auf Facebook gibt es auf einmal Delfine in den ruhig gestellten Kanälen von Venedig.

Das Innere des Supermarktes ist eine eruptiv gemischte Keimzelle aus einigermaßen organisierter Dorftanzschule für vierzehnjährige Förderschüler und rücksichtslosem Autoscooter für Senioren und Kinder. Die echten Kinder fehlen dabei, die Senioren fahren orientierungslos, dafür gibt es einigermaßen anständig wirkende Erwachsene hinter Visieren und irritierte Verkäuferinnen hinter mehr oder weniger durchsichtigem Spuckschutz. Ich lese »Bargeldzahlung unerwünscht«. Das Klopapier ist aus, sobald ich reingewunken werde, aber das ist nur in Deutschland ein Problem. Ich sehe dieselbe Frau jedes Mal mit den gleichen azurblauen Gummihandschuhen verloren in den Gängen stehen, wie sie haltsuchend den Einkaufswagengriff umklammert. Sie und ich, wir werden stets zusammen reingelassen, spielen zusammen Reise nach Jerusalem unfreiwillig im vollgestopften Panic Room, bis nichts Gutes mehr übrig bleibt. Ich kaufe saure Gurken auf Vorrat.

Irgendwann desinfiziert jemand vom Personal alle Einkaufskörbe und Wagen. Das freut mich echt. Ebenso die plakatierten Aufrufe, Hamsterkäufe aus Solidarität zu vermeiden. Alle hamstern Süßigkeiten. Studentenfutter. *Nervennahrung.* Gummitierchen und Schokokekse halten sich. Dazu gibt es Lavendelduftaufkleber gegen Lebensmittelmotten. Ich denke an Ratten.

»Können Sie sich ausweisen?!« Ich bin nicht mehr allein, ein Schatten legt sich über mich, stellt sich zwischen mich, die Pest und die klare Wintersonne im Park. »Man verlangte durchgreifende Maßnahmen, man klage die Behörden an, und einige, die ein Haus am Meer besaßen, spielten bereits mit dem Gedanken, sich dorthin zurückzuziehen«, lese ich laut und blicke ungehalten von meinem Buch auf. Vor mir stehen zwei Männer in Uniform. *Entrattungsdienst*, denke ich. »Ich habe nichts dabei«, sage ich und hebe wie zum Beweis die Hände. Der Wind fährt durch mein Buch und schlägt eine neue, noch nicht ausgelesene Seite auf. »Was haben Sie da?«, fragt daraufhin der jüngere der beiden Polizisten. »Die Pest«, antworte ich wahrheitsgemäß. Der ältere zieht die Stirn kraus. »Sie dürfen hier nicht sitzen.« Er mustert mich zuerst kalt, dann hat sein Blick mit einem Mal beinahe etwas Fürsorgliches. »Bekommen Sie denn die Fallzahlen nicht mit?«, fährt er jetzt mit väterlich gesenkter Stimme fort. Ich nehme den Strategiewechsel wahr. »Etwa achttausend Ratten ... und in der Stadt erreichte die Beklemmung ihren Höhepunkt«, zitierte ich zur Antwort auf seine Fragen schonungslos die Pest aus meinem Schoß. *Tierarzt*, kommt mir gedanklich ein Wort in den Sinn, das ich geräuschvoll widerwillig herunterschlucke.

Die Beamten wollen wissen, ob ich sie zum Narren halte, ob ich verrückt geworden bin in der erzwungenen Mutterleibsenge unserer Mietwohnung. Jetzt schauen beide von meinem Buch zur Bank, an deren Lehne zerrissenes Absperrband im Wind flattert. »Waren Sie das?«, werde ich mit einem Seitenblick auf die Absperrbandreste weiter gefragt. »Nein, das war schon so«, stelle ich klar und verkneife mir ein Grinsen bei der Erinnerung daran, wie ich mir meinen einsamen Leseplatz auf der Parkbank geschaffen habe. Absperrband mit bloßen Händen zu zerreißen ist schwerer, als es aussieht, es ist ausgesprochen dehnbar, wird bei dem Versuch immer dünner, wenn man es mit aller Kraft in entgegengesetzte Richtungen auseinanderzieht. Ich habe festgestellt, man kann sich sogar daran schneiden. Am Ende habe ich meine Zähne gebraucht und daraufhin nach getaner Arbeit die winzigen Kunststofffetzen aus meinen Zahnzwischenräumen entfernt. Wer will schon wissen, wie Absperrung schmeckt?

»Ich bleibe nicht mehr lange«, sage ich einigermaßen versöhnlich und signalisiere mit meiner Körpersprache, dass ich mich wieder in meine Lektüre vertiefen will. Die Polizisten fühlen sich ganz offensichtlich so richtig verarscht. *Prima*, denke ich, *mir geht's ganz genauso.*

Mittlerweile ist es schwer, ein Zeitgefühl beizubehalten, einen Rhythmus, sich wenigstens eine Art absonderlichen Alltag zuzugestehen. Ich komme vom langen Anstehen völlig durchgefroren nach Hause, habe sinnlose Dinge gekauft, die weder gesund noch notwendig sind, einfach weil ich einkaufen durfte, weil der Spucktest nicht verfallen sollte, weil man mich ohne Ben ließ und weil ich eine gefühlte Ewigkeit vor der Keimzelle warten musste, wieder die Pest in der Manteltasche.

Wenn ich mir die Beine in den Bauch stehe, mir in der Reihe beim Warten langweilig wird, lese ich dem Security vor, während er neben uns hin und her patrouilliert, so dass auch andere potenzielle Einkäufer in den Genuss der Pest kommen. Ich lese die Rattenzahlen vor und was man in Oran gegen sie tut: »Die Sache ging so weit, daß die Agentur Ransdoc (Informationen, Nachweise, Auskünfte auf allen Gebieten) in ihrer Rundfunksendung ›Unentgeltliche Nachrichten‹ bekannt gab, daß am 25. April allein 6231 Ratten eingesammelt und verbrannt worden waren. Diese Zahl gab dem täglichen Schauspiel, das die Stadt vor Augen hatte, einen klaren Sinn und vermehrte die Verwirrung. Bis jetzt hatte man sich über einen etwas widerwärtigen Zwischenfall beklagt. Nun merkte man, daß das Geschehen, dessen Tragweite noch nicht abzusehen war und dessen Ursprung unerklärlich blieb, etwas Bedrohliches hatte.« Ich beendete meinen Lesevortrag, ohne Applaus zu erwarten. Aber es geschah tatsächlich etwas Erstaunliches: Der Supermarktsecurity nutzte seinen Ermessensspielraum zu meinen Gunsten. Aufgeregt gestikulierte er mich schneller in den Supermarkt, ließ mich eilig vorrücken, an der Warteschlange entlang. Ich passierte die Frau mit den azurblauen Gummihandschuhen, ging vorüber an beschlagenen Brillengläsern, schmuddeligen OP-Masken, fremden Schnabeltierprofilen, vorbei an FFP2-Masken, vor den Mund geschlagenen Schals und Tüchern, vorbei an unkenntlich gemachten Gesichtern und Vermummten. *Ich bin eben nicht die Vorleserin*, denke ich ungefragt.

Kick it! – Der Erste fliegt. Meine Schuhe lasse ich unaufgeschnürt mit Schwung in eine Ecke des Flurs schnellen, irgendeine Ecke ohne Licht, völlig egal, ich bin nicht der ordentliche, durchorganisierte Part dieser Zellengenossenschaft und muss jetzt nicht einmal mehr so tun. *Für wen denn auch?* Ben beeindruckt das nicht, hat es offenbar nie. Und täglich grüßt das Murmeltier, das bei genauerer Betrachtung auch nur eine riesige wiederkehrende Ratte ist. Mein kulturwissenschaftliches Studium habe ich gegen sinnloses Warten, Einkaufengehen und Lesen getauscht. Alles mehr oder weniger stille Beschäftigungen. *Es ist nicht von Bedeutung, ob es mich gibt oder nicht.* Nicht einmal Ben weiß, dass ich das Studium geschmissen habe, das verlief ebenfalls in aller Stille. Es scheint ihn aber auch nicht zu interessieren, was mit mir ist, was aus uns wird. Noch geht die Miete per Dauerauftrag ab, solange bis wir aufgebraucht sind und unsere Konten leer. Inzwischen habe ich beide Wohnungsschlüssel. Ben geht gar nicht mehr vor die Tür. Er ist mit Andiezimmerdeckestarren beschäftigt, hat sich in sich eingeschlossen und mich aus.

Die Wohnung ist dunkel, ich rufe nach Ben, erhalte keine Antwort, gewöhne mich nicht daran, finde ihn schließlich mit dem Rücken zur Tür vor seinem Laptop am Schreibtisch, der zum Fenster ausgerichtet ist, im Arbeitszimmer sitzend, vor sich hin brütend. Er dreht sich nicht nach mir um, wirkt wie ein in sich geknicktes Standbild, ist erstarrt, wie leise atmendes Mobiliar. Sein Kopf liegt schwer in seinen Händen, die Arme hat er auf dem Tisch abgestützt, der Laptopmonitor ist schwarz. Ich bilde mir ein, dass seine Schultern beben, und frage mich, ob er geweint hat. »Ben?!«, flüstere ich in das Zimmer. Vielleicht habe ich nichts gesagt und nur die Lippen bewegt, Ben bemerkt mich nicht. Erst jetzt sehe ich, was nicht stimmt …

Bücher liegen überall auf dem Boden verteilt, wie unachtsam oder in einem unkontrollierbaren Gefühlsausbruch mit großer Wut heruntergeworfen, die IKEA-Regale sind zum Teil wie leergefegt. Zwischen den Büchern liegen die Scherben von unserem großen Terrakottablumenkübel, der sonst gleich neben dem Schreibtisch am Fenster steht, die Pflanze wie rausgerissen neben dem Übertopf, große Blätter abgebrochen, ausgetopft, umgeben von muffig riechender, feuchter schwarzer Blumenerde und einer kleinen Wasserlache, die die heißgeliebten platonischen Dialoge bereits erfasst und aufgeweicht hat. Auch Bens Lieblingsfotos hat es erwischt. Sie liegen inmitten der abgetrennten Pflanzenteile und Scherben. Seine Eltern, von ihm fotografiert, an ihrem letzten Hochzeitstag und sein Schuleinführungsbild, auf dem die Großeltern auch mit drauf sind, die Zuckertüte größer als er. Die aufeinander abgestimmten Holzrahmen sind gesplittert und Scherben des Glasschutzes haben sich erbarmungslos in das nachgiebig lächelnde Gesicht seiner Mutter geritzt. Nur ein Foto von mir steht noch. Es sieht einsam aus ohne die Bücher, vor denen es normalerweise steht, fast als hätte man sich eines Besseren besonnen, es aufgehoben und in die inhaltslose Leere des Regals zurückgestellt, während andere Bilder nicht mehr zu retten sind. Ausgerechnet dieses. Ich, von bunten Schmetterlingen gerahmt, kurz nach meinem Abitur, mit später Zahnspange, zu allem bereit und für nichts zu gebrauchen … ein ganzes episches Zeitalter ist das jetzt her. Dazwischen nicht weniger als kalter Krieg. Verletzt drücke ich die Pest an mich und fühle mich plötzlich uralt.

»Ben… Benjamin?!«, *so hat ihn seine Oma genannt*, versuche ich es wieder und flüstere erneut wie eine Außenstehende in das, was einmal Bens provisorisches Büro war, bereue, dass ich nicht bei ihm geblieben bin. Stattdessen stehe ich weiterhin versteinert, wie vom Donner gerührt, bis ins Mark geschockt im Türrahmen und habe mich keinen einzigen Schritt in das Zimmer hinein- und auf Ben zubewegt. Jeden Augenblick erwarte ich, dass er etwas nach mir wirft, etwas in meiner Gegenwart unwiderruflich zerschmettert, laut aufschreit, geht. Doch rein gar nichts dergleichen geschieht. Die Zeit dehnt sich wieder. Mein Zellengenosse schweigt sich todesmutig aus.

Erst jetzt fällt mir auf, dass Ben keines seiner Hemden trägt, *wohl doch kein Webex-Meeting*, sondern stattdessen ein mir bis dato unbekanntes, ausgeblichenes, knittriges Bandshirt mit winzigen Mottenlöchern, veraltete Tourdaten auf dem Rücken. Wie mein Foto stammt es mindestens aus seiner Abizeit, und die liegt länger zurück als meine. Der fremde Rücken mit Ben auf der anderen Seite reagiert nicht auf mein Flüstern. Ich bücke mich in Zeitlupe, lege die Pest zu Platon, wende mich ebenso geräuschlos wie Ben ab, gehe in die Küche, verstaue Sauregurkengläser und andere Vorräte in einer Nische hinter dem Kühlschrank, gleich neben veralteten Aufklebern gegen Lebensmittelmotten.

Die Pest ist ausgelesen. Ich liege neben ihm, wie so viele Tage und Nächte zuvor. Tage ohne Datum, Nächte ohne Körperkontakt, voneinander abgewandtes Schlafwandeln. Die Schwere der vergangenen Zeit deckt uns ganz zu, damit wir keine Zukunft wollen. Ben hat aufgehört, sich zu rasieren. Manchmal liegt er einfach da und dann bleibt er den ganzen Tag im Bett. Wenn ich mich dazu aufrappeln kann, bringe ich den Müll raus. Dann habe ich Angst, etwas in seinem Gesicht zu verpassen, eine Veränderung, auf die ich insgeheim hoffe, auf die ich in Wahrheit warte, wie auf ein geheimes Zeichen. Ich habe keine Ahnung, wo sein totes Handy ist. Über das Arbeitszimmer und die Fotos haben wir kein einziges Wort verloren. Jetzt höre ich seinem beruhigenden Atem zu, denke *noch ist er bei mir*, zähle wie gewohnt die Blinzelschläge in der Dämmerung, bis der Vorhang fällt. »Ben ...!?«, frage ich ihm zugewandt, » ... was wirst du tun, wenn das alles hier vorbei ist?« Bens leise Atemgeräusche verstummen kurz, als würde er tatsächlich überlegen. *Die Zimmerdecke weiß inzwischen mehr von ihm als ich*, denke ich neidisch. Sein Blick ist nach oben gerichtet, klammert sich krampfhaft fest, hält sich, wie die Frau mit den azurblauen Gummihandschuhen an ihrem desinfizierten Einkaufswagen. »Schlafen«, haucht Ben erschöpft in die Dunkelheit.

Oktopusträume

Ronny Thon

Wie sehr ich auch danach suchte, die Ruhestätte der Person, die ich am meisten liebte, blieb mir verborgen. Durch Reihen des Friedhofs wandelnd, fand ich dort nichts weiter vor als ewige Ruhe ohne jedwede Funktionalität. Letzte Begegnungsorte, einer identisch mit dem anderen, mit Ausnahme von Größe, Farbe und Form des Grabsteins plus eingraviertem Namen und Blumenschmuck, aber allesamt eintönig aufgrund ihrer Bedeutung als Trauersymbole. In meinem Kopf entfaltete sich eine traurige Melodie. Mimi, die Person, die ich suchte, wäre in diese Session der Trübseligkeit sicher mit einem Summen eingestiegen. Feeling Blue.

Mit der Zeit akzeptierte ich die grablose Existenz meiner großen Liebe. Aber eine unbeantwortete Frage ließ mir keine Ruhe. Zu jedem Zeitpunkt pochte diese tief in mir drin. Sogar beim Masturbieren dachte ich daran, und es passierte rein gar nichts bei mir. Dann hörte ich von jemandem, der mir helfen könnte. Ein enger Freund erklärte mich für verrückt. Er machte sich gerade Tee. Ob diese Sinnsuche wirklich nötig sei, fragte er mich und gleichzeitig auch seinem Teebeutel, da sein Blick mich mied. Ja, antwortete ich. Es gehe ja um den Sinn meines Lebens. Wie könne das nicht nötig sein, wollte ich wissen. Anstatt mir etwas zu entgegnen, ging er zum Mülleimer und wurde seinen

Abfall los. Mir ging es doch um nichts anderes, dachte ich still und heimlich und bat ihn schließlich darum, mir auch einen Himbeertee aufzubrühen.

Während eines Workshops zum Thema ›Kreatives Schreiben‹ war ich Mimi das erste Mal begegnet. Später sollten sich viele Menschen bei mir erkundigen, ob mir nie etwas Seltsames an ihr auffiel. Was für eine abscheuliche Frage. Das einzige, was mir auffiel, war die Tatsache, wie gut Mimi mir tat.

Bis dato hatte ich nur Beziehungen gehabt, die mit spontanen Trennungs-SMS, Fremdgeh-Aktionen oder mit dem klassischen »Du bist wirklich ein so lieber Mensch, aber wir sollten lieber Freunde bleiben«-Aufrufen endeten. Um es kurz zu machen: Nein, ich merkte nichts. Gar nichts.

Manchmal seien ihre Gedanken wie Spinat, klärte mich Mimi beim ersten Date auf. Was sie damit meinen würde. Verrührt, sagte sie. Wenn sie es besser beschreiben könne, würde das bedeuten, sie wäre eine Lügnerin. Ich liebte diese Logik und an diesem Tag schliefen wir das erste Mal miteinander. Früh in unserer Beziehung äußerte Mimi den Wunsch, mit mir zusammenzuziehen. Sehr lang zögerte ich damit, diesen Schritt zu wagen. Aber schließlich ging ich darauf ein und bald gewöhnte ich mich an die gemeinsame Fußmatte mit dem Katzenmotiv, an den Teddybären auf ihrer Bettseite, den angeblich ihr früh verstorbener Vater auf dem Rummel geschossen hatte, und an ihr »Hi« als Begrüßung, welches jedes Mal ein ganz klein wenig anders klang als die anderen von zuvor.

Um den Mann aufzusuchen, der mir helfen sollte, nahm ich die Bahn. Manchmal fuhren Mimi und ich gemeinsam. Ihr Kopf an meiner Schulter, meine Hand auf ihrem Knie. Dabei geschah etwas Ungewöhnliches, was vielleicht ein Hinweis auf ihre wahre Natur gewesen wäre, mir damals aber nichts sagte. Auf einer Fahrt zum Standort meiner Universität bekam sie urplötzlich, wie aus dem Nichts, starke Kopfschmerzen. Für einige Sekunden war sie nicht in der Lage, etwas zu sagen, ein wahrer Kampf spielte sich in ihrem Gesicht ab. Dann verschwand dieser Zustand und sie wirkte zunächst weggetreten. Ich machte mir große Sorgen um sie, doch ihre Schulter zuckten und versprühten den wohltuenden Irrtum, es sei doch alles okay.

Auf der Rückfahrt bekam sie die gleichen Schmerzen, an der gleichen Stelle der Strecke. Die gleiche Dauer. Niemand sonst im Zug schien etwas zu spüren. Nur sie. Als sie sich wieder fing, versprach ich ihr, sie nie wieder mitzunehmen, was sie irgendwie witzig fand. Weißt du, sagte sie mir, vielleicht war ich nur kurz in einem Geisternetz gefangen gewesen. Mimi erzählte oft komische Sachen. Eigentlich handelt es sich bei Geisternetzen um von Schiffen gelöste Fangnetze aus der Fischerei. Sie stellen eine große Bedrohung für die Tierwelt im Wasser dar, weil sich zahlreiche Arten darin verfangen können. Es werden Aktionen durchgeführt, bei denen man die Netze aufspürt und entfernt. Um darauf aufmerksam zu machen, werden daraus Schlüsselbänder und ähnliche Produkte hergestellt. Mimi besaß selbst so ein Band. Sie trug nie Schmuck, nur dieses eine Accessoire der Empathie. Was hätte das aber mit ihrer Attacke zu tun, fragte ich sie. Wer weiß, spielte sie mit einem bizarren Gedanken herum, vielleicht gebe es solche Geisternetze auch bei Menschen. Plötzlich fangen sie dich, du verfällst in Panik, und genauso schnell, wie sie gekommen sind, werden sie durch unsichtbare Wellen zum nächsten Opfer getragen.

Der letzte Abend mit Mimi ist zur Endlosschleife geworden. Ich besorgte Pizza, weil ich keine Lust zum Kochen aufbringen konnte. Seit einigen Tagen fühlte sich meine Freundin unwohl und war deshalb zu Hause geblieben. Was soll's, dachte ich mir. Kann doch nichts Schlimmes sein. Sie ist doch so jung. Wir sahen einen Film. Sie hatte sich an mich herangekuschelt. Es war der perfekte Moment. Nichts hätte ihn ruinieren können. Dann wurde Mimis Blick glasig und aus ihrem Mund drangen seltsame Geräusche hervor.

Schließlich gab sie überhaupt keine Zeichen mehr von sich, und doch wirkte sie nicht unzufrieden mit der Situation. Als ob es viel besser zu ihr passen würde, mit Leere, als mit Mensch gefüllt zu sein.

Sie wurde ins Krankenhaus gebracht und bald bemerkte ich die Aufregung unter dem Personal. Sie alle beäugten mich. Was war los, wollte ich aufgebracht wissen und verlangte eine Antwort. War Mimi gestorben und wenn ja, woran? Die behandelnde Ärztin riet mir, eine bestimmte Firma anzurufen. Warum sollte ich, wollte ich wissen. Verwundert blickte sie mich an. Hatte ich nie etwas mitbekommen? Und vom Aufruf hätte ich auch noch nie gehört? Was für ein Aufruf? Ach, bestimmt hätte ich davon mal gehört. Sogar eine Prämie wurde versprochen. Es war doch überall in den Medien. Von GynoidBeyond Corp. hatte ich schon mal gehört. Irgend so ein Start-up. Sie bauten lebensechte Roboter und in der ganzen KI-Diskussion kann es sein, dass ich davon in den Nachrichten erfuhr. Ich dachte mir nichts dabei. In letzter Zeit überschlugen sich doch ständig die Nachrichten, ich hielt sie daher für einen Sturm, weit entfernt im Horizont eines Küstengemäldes. Dann kam die Zeit, mehr darüber zu erfahren. Nach Mimis Tod, also nach ihrer automatischen Abschaltung, rief ich tatsächlich die Nummer an.

Sie waren über die vergangene Zeit sehr erstaunt. Sie dachten schon, es wäre passiert und ich hätte es versäumt anzurufen. Alles klang so bürokratisch, Kaffeeduft und Post-it-Zettel mit eiligen Deadline-Drohungen trieften zwischen den zu hörenden Worten. Was soll passiert sein, fragte ich dumm. Nun ja, also, ähm, das könne man lieber vor Ort besprechen. Oder doch besser bequem von zu Hause aus? Ja? Man gab mir einen Termin, man schickte mir eine Mail mit genauen Angaben.

Nach Mimis Ende wollte jeder von mir dasselbe erfahren. Es variierte, aber der Sinn blieb. Nie war ihre Haut kalt. Beim Küssen spürte ich ihre Spucke und Erkundigungen nach Beischlaf mit ihr, beantworte ich grundsätzlich nicht. Zu hundert Prozent war sie menschlich. Manchmal pupste sie sogar, wenn sie auf der Toilette saß und laut hustete, damit ich nichts hörte. Sie war echt. Einfach nur echt.

Es waren zwei Prototypen. Jeder sah anders aus, damit kein Verdacht geschöpft wurde, aber innerlich waren sie wohl allesamt identisch. Diese Zwillinge trennte man nach der Geburt und verteilte sie. Jedes Exemplar von ihnen darauf programmiert, sich einem Partner an den Hals zu schmeißen und mit ihm eine Beziehung einzugehen. Ich habe gehört, dass die Auswahl des Partners nach bestimmten Algorithmen erfolgte, der Prozess aber eher zufällig zustande kam. Ziel des Experiments war es, zu messen, wie authentisch die Modelle ankamen. Würde man wirklich auf sie reinfallen? Sollte der Partner Verdacht schöpfen und dies äußern, dann würde der Konzern die Androiden, oder wie er sie nannte, die Gyndroiden, auflesen und auswerten. Bei einem Modell passierte dies. Doch ein anderes kam durch und planmäßig nach einer Laufzeit von dreißig Monaten, schaltete es sich von selbst aus.

Die Gründer von GynoidBeyond Corp. beglückwünschten mich. Sie versuchten es mit Empathie, aber damit hielten sie sich nicht lange auf. Es wäre ihnen bewusst, wie traurig ich sei, aber es war von Anfang nur ein Produkttest gewesen. Bemerkenswert für die Wissenschaft. Warum das alles nur, fragte ich sie, fragte ich mich, fragte ich das Universum. Sie zeigten auf den Bildschirm vor Ort. Ein Internetwerbeclip wurde abgespielt. Auf einem Bett sitzt einsam ein Mann. Unter diesem lugt eine altmodische Erotiksexpuppe hervor.

Mit einem Tritt verbannt er sie wieder unter sich. Dann holt er sein Laptop hervor, das Display ist deutlich zu erkennen. Er ruft die Unternehmenswebsite auf und lädt sich etwas herunter. Nur mit wenigen Klicks. Ein Design wird ausgewählt. Mein Gott, auch Mimi ist darunter. Ihre Haarfarbe ist anders, aber sie ist es. Sie war es. Nicht. Jeder einsame Mann, oder auch gerne Frau, kann sie erstehen und mit ihr leben. Man versprach mir eine hohe Entschädigung, wenn ich etwas unterschrieb. Ich bat um Bedenkzeit. Als ich Mimis Grab suchte, lief diese ab.

Wichtiger als Geld blieben für mich weiterhin Antworten. Der einzige Mensch, der mir dabei helfen konnte, hatte sich bereit erklärt, mit mir zu sprechen. Ein professioneller Musiker. Wir trafen uns in einem Bio-Café und zaghaft bestellte ich dort ein Getränkegemisch aus Orangensaft und Espresso. Der Mann, nennen wir ihn Antonio, hatte mir zu dieser Bestellung geraten. Auch er fand meinen Wunsch zunächst sehr merkwürdig. Doch in meiner Situation hätte er wohl auch Redebedarf und er wolle mir so gewissenhaft wie möglich entgegenkommen. Seine Freundin hörte auf den Namen Tingjie und schien wohl ein richtiges Schachgenie gewesen zu sein. Aber kein trockener Nerd, betonte er, was auch immer er damit meinte. Ihr Lachen war so lebendig. Er bemerkte meinen Blick. Nein, sagte er, anfangs ahnte er überhaupt nichts. Völlig natürlich sei sie gewesen. Mit ihr war er wirklich glücklich.

Aber wie genau bemerkte er es nun? Antonio nippte an einem Latte macchiato und spielte nervös mit der Plastikhülle des dazu gereichten eingepackten Kekses. Es passierte, als er ihr etwas vorsang. Aufmerksam hörte sie ihm zu. Als er ein anderes Lied vortrug, zeigte sie dieselbe Reaktion.

Lange musste er darüber nachdenken und er kam zu einem Entschluss. Kurz unterbrach Antonio die Erklärung und nippte erneut an seinem Getränk. Zerbröselt mittlerweile der Keks, dessen Reste bedeutungslos in der Verpackung schwebten.

Antonio entschied sich dazu, seine Freundin zu testen. Sein Verdacht bestätigte sich und er rief die Firma an. Leider könne er mir nicht mitteilen, um was für einen Test es sich gehandelt hatte. Ich fragte nicht weiter nach. Manchmal ist es so leicht im Leben. Ich wollte auch nicht wissen, ob man ihm ebenfalls eine Geldsumme angeboten hatte, bat ihn jedoch darum, seinen Keks nehmen zu dürfen. Lachend gab er sich einverstanden. Ich steckte ihn mir in die Jackentasche und habe nie wieder nachgesehen, was aus ihm wurde. Was hatte mir die Reise nun eingebracht? Über Mimi hatte ich nichts erfahren. Sie war völlig anders als Tingjie gewesen. Im Prinzip hatte ich einfach Pech gehabt, an ein so perfektes, unperfektes Modell geraten zu sein. Im Zug nach Hause nahm ich mir vor, einfach nicht mehr traurig zu sein.

Eine Weile lief es gut damit, doch beim zweiten Halt kam alles wieder hoch. Ich dachte an Mimi, an das Gewicht ihrer Hand auf meinem Knie, an die angebliche Leere in ihrem Kopf an meiner Schulter. Schnell bewegte sich die Bahn, doch mein Herz lahmte nur noch hinterher. Völlig unfähig, aufzuholen. Oktopusträume. Ich fragte Mimi, was sie damit meinte. Irgendwann während einer Bahnfahrt sprach sie plötzlich davon. Sie hatte mal gelesen, Oktopusse besitzen neun Gehirne. Der Mensch hat sie so oft gefangen und aufgeschnitten, das musste mal herauskommen. Ja, und? Na ja, erklärte sie mir, wenn das stimme, wie träumen sie dann? Oktopusse können träumen, wurde wissenschaftlich bewiesen.

Müssen wir also von neun gleichzeitig träumenden Gehirnen ausgehen? Oder träumen mal vier Gehirne und die anderen sind wach und dann andersherum? Bei der Zahl Neun wäre eine Balance schwierig. In dem Fall würde die Fantasie über die Realität obsiegen, und ein paar Minuten später hätte die andere Seite die Überhand. Das wäre doch unglaublich.

Sie schaute aus dem Fenster, während sie darüber sprach. Damals sagte ich ihr, wie sehr ich sie lieben würde. Sie täte es ebenfalls, versprach sie mir. Vielleicht hat auch der Mensch von bestimmten Organen mehrere zur Verfügung. Keine messbaren Versionen, sondern eher Phantome. Welche Organe, fragte ich sie. Nun, murmelte sie, alle möglichen halt. Es könnten sogar Phantomherzen existieren. Meine Unsicherheit bemerkend, kicherte sie. Kein Grund zur Sorge. Ihr Herz wäre echt. Ihre Liebe für mich wäre echt. Ich wüsste ja, ihr Verstand wäre wie Spinat. Ich sollte sie nicht so ernst nehmen. Ich küsste ihre Wange und gemeinsam fuhren wir unserem Ziel entgegen. Als die Bahn stoppte und »Endstation« durchgerufen wurde, verließ ich allein den Zug. Zum ersten Mal wurde mir bewusst, dass es egal war, warum ich Mimis Existenz nie hinterfragen konnte. Sie war jetzt tot und deshalb war die Welt grauer geworden. Mir war eine ganz alltägliche Apokalypse zuteilgeworden, etwas, was tagtäglich Millionen Menschen durchmachen müssen. Plötzlich fühlte ich mich beliebig. Ich nahm mir vor, am nächsten Tag erneut den Friedhof aufzusuchen. Mimi wollte ich dort nicht mehr finden.

»Ein warmes Grün, das ist in meinem Gedächtnis wohl das früheste Bild: das Grün eines Kachelofens, um dessen oberes Bord sich das Relief eines Zigeunerlagers gezogen haben soll; doch das weiß ich nur noch aus den Erzählungen meiner Mutter, keine Anstrengung des Hirns bringt mir dies Bild zurück. Das Grün aber habe ich behalten: ein warmes Weinflaschengrün mit stumpfem Glanz. Immer, wenn ich mir dieses Grün vor Augen führe, fühle ich mich leicht über den Dielen in Lüften schweben.«

— Franz Fühmann, *Das Judenauto* (1962)

Danksagung

Julia Kulewatz

Mittlerweile gebe ich die Seminare zum Kreativen Schreiben an der Volkshochschule Erfurt seit fast einem Jahrzehnt und darf sagen, dass sich diese zu einer festen Konstante im Angebot der kommunalen Bildungseinrichtung entwickelt haben. Auch während der Pandemie haben meine Kurse Menschen zusammengebracht. Nun präsentieren wir erstmalig in den Workshops entstandene Texte gedruckt einer breiten Öffentlichkeit. Bis dahin war es ein langer Weg, den meine Kursteilnehmer in ihrer Kreativität und mit ihrem Mut, eine eigene literarische Stimme zu entwickeln, maßgeblich mitgestaltet haben. Dabei habe ich mir jede einzelne kleine Geste und jeden guten Wunsch, jedes Mutmachen, jeden Fortschritt und das Übersichhinauswachsen gemerkt und wertgeschätzt.

Insbesondere möchte ich Marion Hackel, die jetzt hoffentlich ihre Rente genießt, danken. Sie war die Erste, die mir die Tür zur Erfurter Volkshochschule geöffnet und in einem Büro mit meiner Glückszahl 19, umgeben von vielen verschiedenen Schreibmaschinen, auf mich gewartet hat. Dann möchte ich Armando Macamo, die gute Seele des Hauses, hervorheben, der mir jedes Mal, wenn ich meinen Schlüssel (für mich ein Ufo-förmiges Transponderding) vergessen habe, meinen Kursraum aufschließt und dabei stets so gelassen und freundlich ist.

Großer Dank gebührt außerdem Susanne Scharschmidt, die den Bereich Politische Bildung und Gesellschaft an der Volkshochschule leitet und von Anfang an an diese Anthologie geglaubt und das alles möglich gemacht hat. Ohne ihren unermüdlichen Einsatz wäre *Wie tief hinab reicht das Erinnern?* auf diese Weise nicht zustande gekommen.

Was wäre ich ohne mein Verlagsteam von kul-ja! publishing? *Adlerauge* alias Stephan Herbst, der nicht nur als Lektor immer hinter mir steht und mein schärfster und wichtigster Kritiker ist, und Bianca Katharina Mohr, die Menschen mit literarischer Sprache über Ländergrenzen hinweg zu verbinden weiß.

Sara Stubenbaum möchte ich für ihr Vertrauen danken, für ihre Hingabe und die gewaltigen Bildwelten, die sich noch vielen offenbaren werden, die wissen, was es heißt, mit dem Herzen zu sehen.

Da für mich die Freundschaft nicht nur für und unter Menschen existiert, danke ich meinen zahmen Fischen und den rosa gefiederten Flügelwesen Lunabell, Lou(i) und Mila. Lunabell für die mutige und aufmerksame Verteidigung unserer vier Wände, Lou(i) für seinen einzigartigen Heilgesang und Mila dafür, dass sie uns jeden Morgen mit aller Vehemenz pünktlich zum Sonnenaufgang weckt und mir gezeigt hat, dass die Neugier tatsächlich eine sehr wichtige Charaktereigenschaft im Leben kreativer Geschöpfe bedeutet und Aufgeben keine Option ist.

Zu guter Letzt gebührt mein Dank auch Ihnen. Irgendwie ist das Buch in Ihre Hände gelangt. Ein Impuls, ein Bauchgefühl oder eine Empfehlung hat es Sie kaufen lassen. Vielleicht haben Sie es auch von einem geliebten Menschen geschenkt bekommen, was noch schöner ist. Ich wünsche Ihnen damit große Lesensfreude und ein Bewusstsein für den Wert der eigenen Erinnerungen.

Die Künstlerin: Sara Stubenbaum

Sara Stubenbaum ist Designerin und multidisziplinäre Künstlerin. Derzeit lebt und arbeitet sie als Illustratorin und Textildesignerin in Trier, wo sie 2023 ihr Masterstudium im Fach Modedesign abgeschlossen hat. In ihrem Schaffen gibt es keine Grenzen zwischen Kunst und Design, alles fließt selbstverständlich ineinander über und befruchtet einander, dabei nähert sie sich dem Bild stets im Dialog.

So sind auch die hier vorliegenden Illustrationen im direkten Zwiegespräch mit den Geschichten entstanden. Ausgangspunkt für die Gestaltung waren Décalcomanien (eine Abziehtechnik mittels Glasplatte) mit Gouache, Aquarell und Tusche, die intuitiv aus ihren Eindrücken der Stimmungen der Texte entstanden. Es ergibt sich ein Spiel mit dem Zufall, der vom Gefühl geleitet wird. Vieles entzieht sich der Kontrolle. Lediglich Farbwahl, Farbauftrag, Kontraste und eine grobe Komposition lassen sich steuern.

Eine Auswahl der entstandenen Bilder wurde erneut den Geschichten zugeordnet, einzelne Figuren und Symbole wurden wiedergefunden oder neu entdeckt. Sara Stubenbaum ließ diese organisch aus dem abstrakten Raum wachsen. Hierfür fanden Pastellkreiden, Farbstifte, Kohle und Tusche ihren Einsatz.

Homepage der Künstlerin:
https://sarastubenbaum.de/

Die Herausgeberin: Julia Kulewatz

Julia Kulewatz wurde bei Berlin geboren und wuchs abwechselnd in Berlin und Erfurt auf. Sie studierte Literaturwissenschaft, Philosophie, Modezeichnen und Choreografie in Erfurt und Seoul mit weiteren Studienaufenthalten in Shang Hai und Tokyo. In Seoul arbeitete sie für das Goethe-Institut sowie an der Sungkyunkwan University für den internationalen Austausch unter Studenten und Lehrenden. Neben eigener Kreativarbeit oblag ihr die Programmarbeit und Betreuung von Künstlern im Goethe-Institut, u. a. von Herta Müller und Christian Kracht. Zudem ist sie Dozentin für Kreatives Schreiben an verschiedenen Universitäten und Volkshochschulen. 2019 rief sie den Verlag kul-ja! publishing ins Leben, der sich als ein fantastisches Vogelwesen aus ihrem Nachnamen und einer sehr freien Kuli-Zeichnung schälte. Als Schriftstellerin veröffentlichte Julia Kulewatz Kurzgeschichten (*Vom lustvollen Seufzer des Sudankäfers*, *Jenseits BlassBlau*), Lyrik (*Orkaniden. Sturmgedichte*, *counting magpies*, *O Nyx. Nachtgedichte*, *Nereiden reden nicht.Tiefseegedichte*), Essays (*Königin der Nacht. Wider den schönen Schön in Mozarts ›Zauberflöte‹*) und Romane (*Dysfunctional-Woman*-Trilogie). 2022 wurde sie mit dem Stadtschreiberstipendium von Neu-Ulm ausgezeichnet, 2023 mit dem KUNO-Essay-Preis.

Empfehlungen aus unserem aktuellen Programm

blumenleere
Fragmente einer Stadt

Vision von der Schönheit im Grauen und dem Grauenhaften des Schönen.

Willi van Hengel
Entstellung des Gesichts. Eine Verirrung

Eine surreale Odyssee um die Frage nach einem Mord aus reiner Liebe.

Thomas Kunst
Strandkörbe ohne Venedig

Kunst, wie er leibt und schreibt.
Die Vorgeschichte zu *Zandschower Klinken*.

Friedrich Hahn
Die Heimsuchung

Lassen Sie sich heimsuchen von einem der »originellsten Autoren Österreichs«.